문학과지성 시인선 119

# 지독한 사랑

채호기 시집

**문학과지성사에서 펴낸 채호기의 시집**

슬픈 게이(1994)
밤의 공중전화(1997)
수련(2002)
손가락이 뜨겁다(2009)

문학과지성 시인선 119

**지독한 사랑**

초판 1쇄 발행 1992년 5월 8일
초판 11쇄 발행 2013년 9월 27일

지 은 이 채호기
펴 낸 이 주일우
펴 낸 곳 ㈜문학과지성사

등록번호 제1993-000098호
주 소 121-840 서울 마포구 서교동 395-2
전 화 02)338-7224
팩 스 02)323-4180(편집) 02)338-7221(영업)
전자우편 moonji@moonji.com
홈페이지 www.moonji.com



ISBN 978-89-320-0556-7

문학과지성 시인선 119

# 지독한 사랑

채호기

1992

# 自 序

퍼내고 자르고 닦아도 죽은 몸은 되살아나지 않으니,

감추어도 감추어도 드러나는 상처…… 자기 상처를 어루만지며, 차라리 그 상처 속으로 들어가 다시 태어나고 싶다.

항상 곁에서 침묵으로 나를 가르치시는 김병익 선생님께, 그리고 슬픔과 기쁨을 늘 함께하는 '문사' 형들에게 감사드린다.

1992년 4월

채 호 기

# 지독한 사랑

차 례


自 序

I

몸/ 11

못/ 12

하찮은 나/ 13

눈/ 14

몸 밖의 그대 1/ 16

몸 밖의 그대 2/ 17

몸 밖의 그대 3/ 18

몸 밖의 그대 4/ 20

몸 밖의 그대 5/ 21

뱀/ 22

상 처/ 24

수술하는 그/ 25

나 는/ 26

조용하다/ 27

낚 시/ 28

똥 통/ 30

박 쥐/ 31

소나기/ 32

새/ 33

새벽, 산동네/ 34

밝은 봄날/36
푸른 뿔/38
숨겨진 불/40
작고 짧은 속삭임/42
할머니는 마당에 붉은 고추를/46
실 종/47
半人半樹/50
주 검/52
죽 음/54
혓바닥/56
허공의 푸른 길/57

Ⅱ

지독한 사랑/61
버스를 놓치다 · 夢魘 1/62
거품의 노래 · 몽염 2/64
불 안 · 몽염 3/65
'쥐'를 본 후 · 몽염 4/66
迷 路 · 몽염 5/68
연쇄강간살인이라는 말 · 몽염 6/70
몸 · 몽염 7/71
말의 몸 · 몽염 8/72
입 · 몽염 9/74
뒤돌아보다 · 몽염 10/76
백지 위에서 1 · 몽염 11/77
꿰뚫고 나아가다 · 몽염 12/78

그녀의 몸 · 몽염 13/80
상처를 어루만지며/82
엽서 1/83
지하철 역에서 · 몽염 14/86
사랑하는 네 속에/87
햇빛의 볼륨을 높여라!/88
백지 위에서 2/90
글 자/91
이름붙일 수 없는 것 · 몽염 15/92
죽음 같은 기억이 · 몽염 16/93
엽서 2/94
너의 몸을 허공에 새기며/96
삶을 마셔버린 사랑/97
다른 속삭임으로/98
이제, 사랑이/100
틈, 구멍/101
물 속의 물방울/103
맑은 꽃들을 뱉아내듯, 나를 낳아!/104
너의 몸은 내 몸에 잠겨/105

▨ 해설 · 비명의 몸 · 김진석/106

# I

# 몸

이게 내 살과 뼈와 피이니
그대는 받아먹으시라
이게 그대의 살과 뼈와 피이니
내 입은 그대를 먹느니

서로의 상처 속으로 들어가
치열한 병균이든지
서로의 튼튼한 위장 속으로 들어가
그대의 살과 뼈와 피가 되든지
나의 살과 뼈와 피가 되시든지

나 이제 그대의 몸 속으로
내 몸을 밀어넣어
그대와 한몸이 되느니
그대의 자궁 속에 웅크려
그대의 살과 피로
新生을 꿈꾸겠네
그대여 내 껍데기여

# 못

그대의 살 속으로 들어가서
그대의 상처 속에서
비로소 자신을 세우는 못이여
나의 목에 온갖 삶의 무게가 짐지워진다고 해서
어찌 고통을 호소하겠는가
서로의 아픔이 닿아 있어
그대 또한 고통 속에 있는 것을

그대여 나의 뿌리여
그대를 찔러
그대의 상처 속에서 비로소 나인 못이여

# 하찮은 나

움직이지도 못합니다
겨우 손발 버둥거릴 뿐
내가 뱉아낼 수 있는 건
비명이거나 어둠에 짓눌린 울음뿐입니다
그러나 들판이 거칠수록 작은 들꽃이 아름답듯
그대 손끝 닿아도 울음 그칩니다
그대 손바닥 내 몸에 닿아
세상 모르게 깊은 잠 잘 수 있습니다
그러나 나 그대에게 드릴 수 있는 것은
오직 세상 모르는 내 몸뿐입니다

# 눈

눈은
그대 가슴에서 내린다
그리 사랑하는 넋을 다하여

부리까지 하얀 작은 새들모양
창문 두드리며
나를 이끄는 저 눈송이들은
지난밤 그대 그리워 하얗게 밝힌
미처 태우지 못한 밤의 조각들

저녁이면 그대 보듯 보는 하늘의 별
모두 사라지고
이렇게 반짝이며 창문 가까이
붐비는 별들의 나들이인가
사랑해요 하는 그대 목소리의 깃털인가

내 가슴의 화로에 하얀
몸부림으로 내리는
눈은 빨갛게 단 사랑의 쇳덩이 위에
눈은 그대 위해 눈부신
내 심장의 필라멘트 위에

그러나 쌓이지
못하네
쌓이지 못하네.

# 몸 밖의 그대 1

1

그대와 마주앉아 그대의 술잔에 술을 따릅니다. 그대의 몸을 조금씩 채워가는 술. 그대와 마주앉아 내 몸에 따르어지는 그대를 봅니다. 내 몸 속에 채워지는 그대. 술은 그대 핏속으로 스며 구멍마다 붉은 꽃송이 내질러 숨막히는 향기로 내 몸을 묶어놓습니다. 그대는 내 몸으로 들어와 영혼을 점령하고 옴쭉달싹못하게 합니다.

2

내 몸 속에는 그대가 들어 있습니다. 사람들은 당신을 죽었다고 하지만 내 몸 속에는 그대가 온전히 살아 있습니다. 내가 더 이상 나일 수 없는 슬픔과 절망의 사막에 홀로 버려질 때 그대는 내 몸을 찢고 밖으로 나옵니다. 내가 그대를 그토록 사랑했듯 그때야 비로소 나는 없고 오로지 그대만이 있습니다.

# 몸 밖의 그대 2

어두워가는 목조 교실 앞 화단
신작로로부터 어둠이 나뭇잎 하나하나
나무들 하나하나 지우며 오던 그날
철봉을 지우고 시소, 미끄럼틀을 지우고
그리고 씨름장의 모래알마저 삼켜버리던 그날
사라진 것 모두 서녘 하늘에
피멍든 얼굴을 하고 나를 바라보던 그날
화단에 맨드라미 왜 그리 붉고 아름다웠던가
화들짝 놀란 서슬에 던진 돌멩이
어둠 깊은 곳으로 떨어지고
머리 꼿꼿이 들던 花蛇 한 마리
그 눈동자 속 한없는 수렁
그대 거기 있었네
나 그대 몸 속으로 들어가려면
죽음을 지나야 한다는 것 그때 알았네

# 몸 밖의 그대 3

그 땅을 밟으면 그대의 몸을 밟는 것 같아
할 수만 있다면 발을 공중에다 두고 싶습니다
왜 이리 내 몸은 무거운지
내 몸 때문에 그대 몸이 아프지 않습니까

그 땅에 닿는 순간
그대의 강렬한 향기에 취합니다
저는 그대 몸 속에 들어 있는 것 같습니다
그대 몸 속의 따뜻한 어둠이라니
어둠이 제 몸을 감추고 있는 건 아닌지요

그 땅을 걸어다닐 때
많은 창문들이 저를 바라봅니다
그 창 안에 그대가 있다는 것을 저는 압니다
느낌, 그대에 대한 예감 때문에
끊임없이 설레이고, 설레임 끝에는 언제나 두려움이 있습니다

그대 눈에서 해가 뜨고
햇살은 머리카락처럼 부드럽게 그 땅을 적십니다
그 땅, 따뜻한 남쪽에

저는 몸으로 갈 수 없습니다
그 땅에 들어서는 순간 저는 그대의 몸 안에 있으니까요
저는 많은 시간을 그대의 발가락쯤에서 헤매입니다

# 몸 밖의 그대 4

내 유년의 어느 마을에는
측백나무가 줄지어 서 있고
산그늘을 가슴에 담은 강물 흐르고 있었네

그곳을 떠나던 날
강가에 밤나무 밑 친구들 몇 울고 있었지만
묵은 밤송이를 흔드는 황토빛 바람 소리 때문에
내 귀는 바람 빠진 공처럼 쓸쓸했었네.

그 후 세월에 깎여져 둥그러졌을 때
내가 몰래 두고 온 밤나무 밑 돌멩이 하나 거기 그대로 있었네
수십 차례 홍수가 마을을 덮치고
밤나무도 제법 거칠어졌지만
친구들 모두 대처로 나가고

내 유년의 마을 변한 것 없이
한없이 왜소해지기만 했네
왜 나는 그때 거기 그곳에 돌멩이를 묻었을까
왜 나는 가슴에 얹힌 돌멩이를 아직 뱉지 못할까

# 몸 밖의 그대 5

나의 몸 안에 둥지를 틀고
두근거리며 움직이는 꽃받
어느새 거칠고 딱딱한 살껍질을 뚫고
은밀하게 꿈틀거리는 꽃봉오리
그 속에 장전되어 있는 터질 것 같은 폭약

멀리서 철로를 밟고 오는 기차의 쿵쿵거림처럼
폭발의 순간을 향해 숨가쁘게 달리는 초침 소리
내 몸 속의 터질 것 같은 꽃봉오리

몸 밖의 그대, 그 환한 몸 밖에서
내 몸의 밀폐된 꽃봉오리의 어둠을
줄곧 겨냥하던 그대
드디어 그대의 집게손가락이 방아쇠를 당긴다

시커먼 총신 끝에 벼락처럼
피는 불꽃!
내 몸이 산산이 터지며
뱉아내는,
오오 무쇠처럼 차가운 가지에
저토록 따뜻한 그대
황홍색 능소화여!

# 뱀

터지고 부서지는 태양의 파편이
지상의 모든 사물을 뜨겁게 익힐 때도
어둠의 창자 속에서 나온
뱀의 몸은 차디차다

기름 단지에 빠졌다 나온 것처럼
손아귀에 잘 잡히지 않는 뱀의
길고도 미끄러운 화사한 징그런 몸

구멍의 어둠 속에서 나와 어둠의 구멍 속으로
들락날락하는
온갖 사물의 몸 속의 암흑을 탐사하는
구불구불하고 예민한 영혼이여!

뜨거운 여름 그토록 차가운 뱀이
나무의 터진 구멍으로 완벽하게 사라지듯
내 몸은 뱀처럼 그대의 끓는 어둠 속으로
빨려들 듯 숨어버리느니
이제 없다! 나는

몸 밖의 그대여

이 세상에서 나를 찾으려거든
그대 캄캄한 몸 속을 들여다보라

## 상 처

나는 그대의 가슴에 꽂힌 칼
분홍빛 여린 살꽃을 찢고
그대의 몸 속, 거기
서늘하게 있네.

칼끝이 당신의 어디쯤을 건드리나요?
너무나 많이 흘린 피로
깊어가는 나의 상처 아물지 않네.

# 수술하는 그

그의 날렵한 손이 신중하게
환부의 주위를 알콜로 닦아낸다.
그의 한쪽 손에 들린 서늘한 수술용 메스
뱀의 혀처럼 빛을 날름거리는 칼이
날카롭게 살을 째며 몸 안으로 들어온다.

아픔은 없고 내장을 건드리는
무딘 금속의 감각만이 귀로 들린다.

모든 병은 눈으로 보이지 않는
깊은 내부의 어둠 속에 숨어 있다.
그는 그것을 확신하고 있다.

내 몸 속의 한 곳에
녹처럼 덕지덕지 달라붙은
어둠을 긁어내기만 하면 된다고
몸 밖의 어둠을 깨닫지 못하는 그는 말했다.

그러나 어둠은 깊고 크다.
그 어둠의 뿌리를 잘라내기 위해
집요한 그는 내 몸을 무처럼 잘게 썰어버릴지도 모른다.

# 나 는

일어설 수가 없습니다.
내 몸의 반은 썩어 푸른 곰팡이 번지고 있습니다.
오른쪽 뇌는 굳어 단단한 돌멩이가 되었고
오른쪽 팔과 다리는 무겁기만 합니다.
그러나 절망하지 않습니다.
어쩌면 어느 누구보다 굉장한 희열을 느낍니다.
내가 왼손으로 짚는 침대 모서리
찬장머리 농 손잡이 문 손잡이 의자등 계단 난간
이것들이 다 내 몸이니까요.

그대여 내 몸을 온전히 버리지 못했다면
어떻게 저들을 깊이 알 수 있었을까요.
저 혼자 온전했다지만 목발 짚은 시간들 많았는데요.

## 조용하다

조용하다
집요한 겨울 햇빛의 시선에
처마 끝에서 몸을 던지는 눈의 짧은 비명뿐
조용하다
이별을 재촉하는 고딕형의 사무적인 시계 소리뿐
조용하다
너를 위해 계속되는 숨소리뿐
조용하다
건너가고 건너오는 젖은 시선뿐
조용하다
식도를 타고 오르는 뜨거움뿐
조용하다
눈시울에 맺히는 펄펄 끓는 물방울뿐
조용하다
기차 바퀴는 구르고
대합실의 모든 창문들
어둠 속에 일제히 떨고 있을 뿐
조용하다
마음의 뻥 뚫린
터널 속으로 울리는
돌아오는 발자국 소리뿐

# 낚 시

나 한때 길 꺾어도는 산밑에서
낚시 던져 기다리고 있었다
바늘 하나 밑밥 하나 제대로 끼울 줄 모르면서

사람들 모두 농삿일 제각기 바쁠 때
판잣집 정미소 기계 쉴새 없이 돌아갈 때
나는 그 사람들 머리 위에서 까불거렸다
기껏해야 바람에 날아가버릴 검불이면서

어두운 수면만 뚫어지게 바라보면
수초 사이 돋아나는 작은 물방울조차 놓치지 않으면
바람에 우끼 외누워 잡아당겨
썩어가는 세상 건질 줄 알았다

허공중에 헛바늘만 번쩍이고
사위는 어두워 좁아지는데
못물은 자꾸만 썩어들어가고
길과 산 못은 그대로 붙박혀 있는데
이제는 이 한 몸마저 어떡해야 하나

나 한때 길 꺾어도는 산밑에서

낚시 던져 기다리고 있었다
수초 밑에서 눈이 큰 물고기들이
나의 절망 애타하고 있을 때

## 똥 통

지금은 말할 수가 없습니다. 똥통에 빠졌으니까요.
햇빛에 부글부글 끓고 있는 똥물처럼 분노에 부글부글 끓고 있을 뿐이죠.
하늘엔 한 마리 매가 날고 바람이 어제처럼 소나무 가지를 흔듭니다.
이곳엔 똥을 푸러 오는 농민도 아무도 없지요.
국광이 열리던 과수원은 벌겋게 내장을 드러낸 지 수년인데
오는 사람 없고 멀리서 제주도 관광 비행기만 뜨지요.
겨울이면 하얗게 눈이 내려 똥통은 가려지고 없어집니다.
하지만 어제처럼 또 바람이 불면
속으로 썩는 냄새는 눈천지를 지나 시야 밖까지 가지요.
지금은 말할 수밖에 없습니다. 똥물을 조금 마시더라도.
더 이상 움직일 수 없고 똥통은 깊으니까요.
어떤 사람들은 불을 끄고 어둠에 귀기울이지만
소리칠 수밖에 없지요. 아직도 똥통 속이니까요.

## 박 쥐

나의 집은 동굴입니다
하늘은 별도 없는 검은 고무판
때로 매캐한 연기가 새기도 합니다

나의 집에는
공공연히 토막난 시체들이 썩어가고
뼈들이 하얀 인광을 반짝거리기도 합니다
겁 많고 어리석은 여자들이 윤간되기도 하지만
비명은 한번도 바깥으로 새어나간 일이 없습니다
음흉하기만 한 벽들은
비명마저 약한 자에게 되돌려주고 맙니다

나의 집은 감옥입니다
그러나 나는
그 사실을 오래 기억하지 못합니다

# 소 나 기

미루나무 여름잎 위로 물방울 한 점 듣더니 검은 구름 하늘 메우고 짙은 초록 산과 들 비안개에 덧싸여 연둣빛으로 변해간다. 신작로에 먼지 일으키며 소나기가 달려가고 심은 땅 위로 청대처럼 비가 자란다.

한 순간 세상을 뒤바꿔놓는 앞을 내다볼 수 없는 빗속…… 보인다, 두엄 위 밝디밝은 호박꽃등에 옷 벗는 어둠살!

# 새

높이 날아 멀리 보는 새 하나이
귀머거리 벙어리 눈밭 위를 날다
적막강산 눈으로 덮여 수의를 입은 듯
비장한 이 강토 위에
흔적처럼 자신의 그림자 끄을며
폭설 내리며 경계 없는
허허한 이 하늘 위에
흔적처럼 자신의 그림자 털어내며
높이 날아 멀리 보는 새 하나이
눈밭 위를 뱃바닥으로 혹은 날개로 헤쳐나가네

## 새벽, 산동네

비좁은 산비탈
옹기종기 구석잠을 자고 있는 지붕과 골목길에
밤 사이 세월의
흰 눈이 쌓였다.
바람은 고압선 전깃줄을 잉잉 울리며
가난한 담벼락을
잠깐씩 눈보라 속에 가두어놓는데
강풍을 거스르며 참새가 난다.
희미한 보안등 아래로
한 아이가 달려간다.
작고 붉은 입술에서 뱉아지는 뜨거운 입김
벙어리장갑 낀 한쪽 팔에 끼워진 신문
세상은 험하고 새벽별처럼 작은 아이가
달려간다.
주위의 눈 덮인 수많은 쓰레기 구릉들 사이로
여린 발자국을 새기며
느닷없는 동네 개들의 고함에 걸려
미끄러지다가 다시 일어서며
멀리 아이의 앞으로
넓게 펼쳐지는 세계
그것과 맞닿아 이어지는 새벽 저편으로

자신의 몸을 찬란하게 비추며
해가 뜬다.

# 밝은 봄날

누군가 나의 몸으로 올라와
머리채를 잡고 흔드는구나
머리카락이 뜯겨 바닥에 흩어지는구나
누군가 나의 손가락을 하나하나 자르고
드디어 팔을 자르는구나
하늘이 너무나 밝은 봄날에
내 목은 피 한 방울 솟구치지도 않고
잘라지는구나
누군가 나의 몸을 사정없이 흔들어
뿌리째 나를 뽑아서
어디론가 끌고 가는구나
잘려진 팔 다리 목은 깨끗하게
흔적 없이 처리하고
혀와 귀마저
파묻어버리는구나

안 갈려네 안 갈려네 아니 갈려네
차라리 푸른 내 목숨
여기서 다하려네
묻혀서 썩어서 마침내
저 들판의 싱싱한 봄풀처럼

혀와 귀 손가락 무수히
땅 위로 다시 돋아나겠네

# 푸른 뿔

내 무쪽 가슴에
푸른 뿔이 자란다.
협잡의 그
두루뭉실한 엉덩이를
받아주기 위해서다.

창밖의 나뭇가지
조잘거리던 입술,
새들이 떠나고
눈이 덮는다.
흰 눈, 벙어리의 눈

을 뚫고 푸른 뿔이 돋는다.
벙어리 냉가슴의 그
출렁출렁한 혓바닥을
떠받기 위해서다.

풀이 돋는다.
얼어붙은 겨울의
정신 덩어리를
들이받기 위해서

뿔은 돋고
백색의 눈밭을 뚫고
솟아 날으는 무의 속잎들

내 잘 미끄러지는
빙판 가슴을
힘차게 들이받는다.

# 숨겨진 불

땅의 깊은 뱃속으로부터
솟아오르는 꽃들에는
불이 숨겨져 있느니
삶을 지칠 줄 모르는 열정 속으로 몰아가는
피를 닮은 불이

이미 끝나버린 잿더미 속에,
지루한 일상의 더딘 더듬거림과
암흑의 빠져나올 길 없는 미로 속에도
불은 눈뜨고 있고
모든 패배와 절망과 오그라듦,
식어서 굳어버린 바위 속에도
불은 웅크려 있으니

지금 혹한의 추위가 땅 위를 뒤덮고
얼음이 사지를 냉동시켜 꼼짝못하게 하더라도
나는 믿는다. 내 몸 속에
숨죽인 숯덩이를
그리고 기다린다. 때가 오면
점화될 붉은 심장을

빙하기 세계의 벽을 녹여버릴
땅속 어둠의 차가운 석탄처럼
놀라워라! 모든 것들 속에
숨어 있는 불, 숨죽인
자신의 몸을 송두리째 태우며
한 순간에 타오를 불을

# 작고 짧은 속삭임

몇 번을 거듭 죽어야 꽃으로 살 수 있을까?
색색의 여름 들판
바람에 흔들리는 꽃잎들 뒤로
죽어간 다정한 얼굴들 언뜻언뜻 보이네.

*

살아가야 할 날들이 석탄더미처럼 시커멓게 드러누워 있는데 그대는 꽃잎 하나로 이 세월을 버티나. 황토를 거머쥔 뿌리로부터 솜털난 잎, 새 잎 가는 줄기를 거쳐 울컥, 새벽을 부르는 북소리같이 첫새벽 새 바람을 일으키는 이슬같이 아름다움을 낳아놓은 그대,
견뎌야지, 견뎌야지

*

몸이 휘발하여 허공 속으로 사라진다.
꼴을 벗어나는 자유분방한 그 무엇이
소리에 부딪히고
　　　　　　빛에 녹고
　　　　　　　　　　바람에 안기며

저 아닌 다른 몸들 속으로
걸리적거림 없이 투명하게 드나든다.

*

걸어가네
짧은 치마 둥근 구름
뾰족구두 늘씬한 다리의 아가씨.

돌아보네
그 아가씨 호리병 같은 몸통 위로
갓 피어오른 분꽃 한 송이

날아가네
붉은색 그 분꽃 암술에
몸 담근 꽃벌 한 마리.

*

잠은 육체요 꿈은 영혼이니
죽음의 질긴 고무관 속에서

솟구쳐오르는 피의 꿈을 산다.

썩은 몸에서 뾰루지꽃이 피어나듯
잠속에서 열받은 말의 헐떡임
생기 오르는 말에 육체의 풍만한 탄력을 주시라.

죽음은 잠이요 꿈은 환상이니
꿈은 새 것이요 죽음은 헌 것이니
옷을 벗고
죽음을 건너 꿈의 이부자리에서 일어난다.

*

출구가 없는 어두움
속에는 빛이 없다. 눈을 치뜨더라도
비명이 등대다!
내 온몸이 소리소리지르는 공포와 절망을
온몸이 듣는다.

*

유리창에 맺히는 빗방울처럼
캄캄한 어둠의 표면에 새벽이 매달려
매달려 동그랗게 뭉쳐지려는 물방울!
한세상 아픔이 그 속에 여울지네.

# 할머니는 마당에 붉은 고추를

할머니는 마당에 붉은 고추를 넌다
베지 않은 키 큰 옥수숫대가 서 있고
누렁빛 들판에는 풍성한 예감이 있다
먼데 산이 선명하다
형은 펌프 옆에서 양말을 빨고
하, 참 이 가을엔
햇빛의 뼛속까지 보이는구나

# 실 종

팔월 늦여름 정오
나는 길을 나섰네.
챙 달린 모자로
가시처럼 찌르는 빛을 가리며
바다는 짧은 시간에도 몇 번씩
방파제의 따귀를 때렸고
모래밭에는 살을 지지는 사람들 몇 있었네.

나는 어느 산꼭대기쯤
오솔길 옆 바위에 앉아 있었네.
주위에는 듬성듬성 소나무가 서 있었고
발 아래는 수종의 풀들이 얽혀 있었네.
나지막한 산들은 흡사
잠에 늘어진 짐승 같았고
하늘은 자취도 없는 듯했네.

왜 그랬을까
나는 몸 안의 것을 송두리째
꺼내놓고 말리는 기분이었지
짠 공기에 절이는 것처럼

숙취와 간음과 배은망덕
살의와 무기력, 과대망상
비슷한 것들이 한꺼번에 쏟아져나와
좁은 오솔길에 가득 널려 있었지.

그 위로 살 따가운 햇살
나는 휴가중이야!
유리창과 철제 책상, 네온사인
음모와 술수, 화대
정치와 스포츠, 가족과 임금이
나 자신인 것처럼
내 수족이 되기를 갈망했지만
나는 휴가중이야
난 병자가 아니고 내일이면
돈 냄새나는 그 끈이 내 목을 잡아당길 거야

그때 바다 쪽에서 바람이 불었고,
식물들도 입을 가졌더군
무생물도 무수한 입을 가졌더군
바위, 나무, 풀, 산 들이 한꺼번에 지르는
소리들이 온갖 색깔로 소용돌이쳤지.

나는 어울리지 않게
뭉크 그림 속의 사내처럼 입을 벌리고 귀를 막았지.

문득 살을 데일 것 같은 소리가
발 밑에서부터 살집을 태우며
불꽃처럼 내 속으로 들어왔어.
몹시 뜨거웠지.
눈물을 흘리며 몸부림치며 뒹굴었으니깐

그 뒤 나는 영영 돌아오지 않았고
세계는 한꺼번에
송두리째 바뀌어버렸네.

# 半人半樹

늦은 아침 깨어
낮은 뒷산에 오르니
새로운 바람이 옷자락을 붙잡고
낯선 세계가 눈앞에 펼쳐진다.
그곳에 나의 뿌리가 내려지고
내 겨드랑이와 손가락 끝에서
초록잎들이 돋아나
그늘을 이룬다.
이따금 새들이 찾아와
머리 위에 놀다 가고
피 대신 수액이 몸 속을 흐른다.

오 너무 멀리 왔구나
사람과 나무 사이의 아득한 거리를
내 그늘에 누운
천천히 되새김질하는 소의
풍경 소리가 딸랑거릴 때마다
오 너무 멀리 왔구나

새들이 화들짝 놀라 달아난다.
풀섶을 나온 뱀이

벌거벗은 맨살을 타고 오를 때
문득 섬뜩해지는
두고 온 처자식 생각
오 너무 멀리 왔구나
나무와 사람 사이의 거리를
아직은 되돌아갈 길 보인다.

## 주 검

시간이 어둠의 홈통 속으로
빠르게 빨려들어가는
허망한 순간에 허망한 동공으로
당신의 주검을 바라봅니다

이제 당신이 맺고 있던 모든 인연의 끈은 끊어졌습니다
당신이 꾸던 모든 꿈의 색깔도 지워졌습니다
온 생애를 통해,
그리고 죽음의 직전에서도
필사적으로 놓지 않았던 욕망의 빨대도 사라졌습니다
생명 있는 모든 것들이 들이켜고 내뱉던
우주의 숨을 마지막으로 들이마시고
다시 그 숨을 몸 밖으로 내보내지도 못한 채
힘겹게 돌아가는 녹슨 기계음 같은
짧은 비명만 남긴 채
당신은 숨통을 닫아버렸습니다

나는 당신의 마지막을 기억합니다
당신의 눈동자가
여름 소나기에 떨어지는 포도알처럼
두개골의 진흙 속으로 추락하고

당신이 빨아들이는 공기가
겁에 질린 뱀처럼 목구멍 속으로 기어들어가는 것을
그리고 당신의 죽은 나뭇가지 같은 앙상한 뼈들이
힘없이 요 위로 털썩 떨어질 때
산 사람들은 채 식지 않은 당신의 체온에
희망을 걸었습니다
그러나 소용없습니다
당신은 이제 당신이 밟던 땅과
당신이 짚던 지팡이
당신이 사용하던 말없는 사물들 속으로
영원히 들어가버리고 말았으니까요

당신에게는 지금 희망도 절망도
들끓던 번뇌도 욕망도 없습니다
불빛 아래 당신의 안경처럼

당신의 몸도 밝게 빛날 뿐입니다
살아서 그렇게도 당신을 가두었던
당신의 몸이 완벽하게 열려 있어
지금은 아무것도 가두지 않습니다

# 죽 음

1

때아닌 고통이 창문을 열어젖히고
터진 천정으로 쏟아지는 죽음
죽음은 항상 예고도 없이 찾아온다

(산다는 것은
병실의 아침 햇살처럼 말이 없는 것)

삶의 빗장이 풀리고
이웃고 집의 모든 문이 열리고
열린 문으로 등을 보이고 사라지는
한 사내의 영혼이 보인다

죽음은 몸을 허문다

2

그 바닷가에서 한 사내가 사라졌다
모래 위엔 발자국도 아무런 자취도 없이
(모래 한알 한알이 모두 그의 집들이네)
수평선 너머로 한 세계가 사라지고
부서지는 거품이 갑자기 몸을 적셔오는

눈동자 속에서 거칠게 출렁이는 바다
아 이제 시작이다!
죽음이 너무 가까이 있다

눈을 감으면 모든 것이 사라진다

죽음 너머에 있는 몸?

# 혓 바 닥

내 머린 녹슬어 열리지 않고
입을 열어도 포도 한 송이
달리지 않네

발을 힘차게 내디뎌도
발바닥 끝에서 실뿌리 하나 자라지 않고
가슴에선 새 한 마리 부화하지 않으니

송장 뚫고 다시 돋는
가시박힌 저 혓바닥! 혓바닥을 본다.

# 허공의 푸른 길

상아빛 적요한 새벽, 혹은 저녁 어스름
새 한 마리 허공을 보네.
허공에도 길이 있나?
온갖 풀, 나무 들이 우거진
허공의 푸른 길.

부드러운 깃털을 열고
새의 따뜻한 가슴에 손을 넣어
빨간 심장을 만진다.
경쾌한 리듬으로 두근대는 가슴

불똥튀는 에로티즘

Ⅱ

# 지독한 사랑

기차의 육중한 몸체가 순식간에 그대 몸을 덮쳐 누르듯
레일처럼 길게 드러눕는 내 몸

바퀴와 레일이 부딪쳐 피워내는 불꽃같이
내 몸과 그대의 몸이
부딪치며 일으키는 짧은 불꽃

그대 몸의 캄캄한 동굴에 꽂히는 기차처럼
시퍼런 칼끝이 죽음을 관통하는
이 지독한 사랑

내 자궁 속에 그대 주검을 묻듯
그대 자궁 속에 내 주검을 묻네

# 버스를 놓치다
## ―夢魘 1

그곳이 어디인지도 모르고 또 이곳이 어디인지도 모른 채 나는 가고 있다. 대낮인데도 어둠이 코앞에서 혀를 날름거리는 것인지, 아니면 거대한 동물의 캄캄한 몸 속에 들어 있어 길고긴 창자의 길을 온갖 잡것들과 섞여 소화되면서 항문에 이르기 위해 몸부림치는 것은 아닌지……

버스는 먼지 나는 비포장의 길 위에서 잠시 멈췄다. 승객들은 의자가 되어, 아니, 비틀거리는 버스가 되어, 무표정한 쇠처럼 그렇게 있었다. 눈꺼풀을 열고 차창에 기댔던 무거운 삶을 들어 나는 버스에서 내렸다. 해가 떠 있는데도 주위는 어둡다. 나는 쫓기듯 걸어나아갔다. 길을 벗어나 우거진 잡풀들 속에서 한 포기 풀처럼 서서 초조한 마음으로 버스가 있는 쪽을 돌아보았다. 버스는 그대로 서 있다. (그래, 내가 돌아오기 전까지 버스는 출발하지 않을 거야. 아니, 버스가 가버릴지도 몰라.) 그걸 찾아야 하는데, 그게 무언지 모르겠어. 자세히 살펴보면 발 아래 엉킨 풀 속에는 아주 작은 것들이 움직이고 있다, 우글거리고 있다, 점점 확대되어 점점 심하게 우글거리고 있다. 그걸 찾아야 하는데, 그게 무언지 모르겠어……

버스가 움직이고 있어. 나를 내버려두고. 안 돼. 뛰어가자.

버스를 잡아야 돼. 신발을 구겨 신고 있어서 제대로 뛸 수가 없잖아. 신과 발이 이렇게 따로 놀다니. 그래도 아직은 버스가 보여. 따라잡을 수 있을 거야. 그런데 여기는 어디쯤이지. 왜 나는 이곳에 혼자 있었지. 여기서 뭘 찾고 있었지. 그리고 어디로 가야 하나. 아냐, 지금은 그걸 생각할 시간이 없어. 재빨리 뛰어야 해. 어서 뛰어가야 해. 버스는 보이지 않지만 버스가 일으킨 먼지구름은 아직 보이잖아. 그래, 따라잡을 수 있을 거야. 그런데 나는 뭘 찾고 있었더라, 그리고 여기는 어디지……

## 거품의 노래
### —몽염 2

어느 깎아지른 바위 절벽에 붙잡힌 듯 서 있었다. 무게 없이 까마득한 저 아래, 샛푸른 바다가 혼신으로, 제 몸을 돌출 바위에 내던져 바스러지고 있었지만, 강력한 그 강하고 처절한 비명은 정적 속에 녹아 한치도 빠져나오질 않았다. 그 정적의 엄청난 힘이라니…… 정신이 몸을 치는 치열함으로 혼신을 쥐어짜 소리를 질렀지만, 허망한 입구멍에서 혓바닥만 새카맣게 타버렸다. 절벽 저 밑 정적의 깊은 아래로 빨려들 듯 몸을 던졌지만, 발 밑에 그림자만 털썩 떨어졌다. 내 몸은 절망에 흥건히 젖어 절벽 위로 녹아내리고 무게 없이 까마득한 저 아래, 바다가 지어내는, 바위가 지어내 부르는 적막한 거품의 노래, 끝없이 되풀이되는 거품의 노래, 거품의 노래.

# 불 안

—몽염 3

생줄 끊어진 호박처럼 여름 독한 입김에 썩어문드러지고, 키 큰 나무들이 팔 벌린 어둔 숲에서 나무의 발목을 필사적으로 부둥켜안고 힘없는 뿌리부터 배배 말라 비틀어지고 있는 마른 덩굴이었다. 태양은 나무 꼭대기로만 날아다니고, 달리면 퉁겨오는 찬란한 빛살…… 겉도는 헛바퀴였다. 끌어안은 가슴에서 살점이 튕겨 흐트러졌다.

지붕 위에 쌓인 눈이 햇빛에 사라지듯 천천히, 불안에 잠긴 몸이 사그라지고 있다.

## '쥐'를 본 후
### —몽염 4

결코 소란스럽지 않았다. 자칫하면 모르고 지나쳤을 만큼 쥐는 민첩하고 조심스럽게 움직였다. 내 머리카락이 들춰지고 살껍질에 날카로운 이빨이 닿는 느낌이 있었다.

한 순간 살기를 느꼈던 모양이었다. 그 작은 눈을 어지럽게 굴리며 두리번거렸다. 그의 긴 수염이 어둠 속에서 곤두서고 그의 긴 꼬리는 태연하게 내 귀를 지나 능청스럽게 내 목까지 감고 있었다.

그는 다시 움직이기 시작했다. 늘 해오던 순서지만 그는 조심스럽게 경험을 무시하고 새롭게 다시 시작했다. 그는 앞발을 들어 내 살갗에다 발톱을 찔러넣었다. 그리고는 힘차게 끌어당겼다. 순간 정적 속에서 비명처럼 살갗이 찢겨나갔다. 일순간 신경의 파편들이 날카롭게 울부짖으며 나를 향해 꽂혀오는 것 같았다. 눈을 번쩍 떴다. 내 눈알 속으로 몸의 절반이 들어가고 미처 들어가지 못한 쥐의 뒷다리와 긴 꼬리만이 잠시 버둥거리는 것이 얼핏 보였다. 그리곤 까슬까슬한 털의 감촉과 조심스럽게 내 머릿속 한 부분을 디디고 있는 네 발의 감촉, 역한 비린내, 묵직한 체중이 느껴졌다.

그도 놀란 모양이다. 재빠르게 움직여 머리통 한구석으로 몸을 숨겼다. 내 몸의 어둠 속에서 그의 형태는 없어졌다. 다만 그의 날카로운 눈만이 왔다갔다 했다.

내 몸의 도처에서 쥐들은 번식했다── 내 몸 속에 살고 있는 쥐라니!

내 눈은 종이 위의 '쥐'를 지워버리고 내 몸을 관통해서 끈질기게 쥐를 쫓고 있었다.

# 迷　路
—몽염 5

문을 열면 대낮이요 문을 열면 밤이다 문을 열면 구름이요 문을 열면 별이다 문을 열면 방 문을 열면 거리다 문을 열면 창문 문을 열면 벽이다 문을 열면 지붕 문을 열면 복도다 문을 열면 물 속이요 문을 열면 숨넘어가는 물고기다 문을 열면 땅이요 문을 열면 시퍼런 우주 공간이다 문을 열면 여자 문을 열면 인형이다 문을 열면 감옥 문을 열면 백화점이다 문을 열면 법정 문을 열면 사창가다 문을 열면 꽃잎 문을 열면 음문이다. 문을 열면 벌이요 문을 열면 강간범이다 문을 열면 영화 문을 열면 악몽이다 문을 열면……

문을 열면 울트라큐티 페나텐 돌핀스 우단모피 오리리 디즈니 인치바이인치 문을 열면 두리두리 한스 까슈까슈 원진침대 문을 열면 비비안팜팜브라 아모레미로 아미에나이트가운 드봉미네르바 유닉스헤어롤키이스 트라이 노원 스캔달팬티의패션家미드리오 매직쉐프……

문을 열면 또 문을 향해 울퉁불퉁하고 굴곡이 심한 복도를 무엇엔가 쫓기듯 무엇? 문을 열고 열고 또 열고 또 열면서 열리지 않는 문이 없다 열며 허둥댄다 문은 모든 길과 이어져 있고 문이 아닌 것도 열 수 있을지 모른다 모든 길은 문과 이어져 있다 문이 아닌 것을 부수어 열면 그곳에 펼쳐

질지도 모를
문을 열면……

# 연쇄강간살인이라는 말
—몽염 6

맑은 창에 물방울이 구르듯이 내 말이 그녀의 살 위를 닿일 듯이, 안 닿은 것처럼 오르내렸다. 내 말의 모든 구멍으로 일제히 타액이 흘러들어왔고 마침내 꿀같이 끈적끈적한 침 바다 속에 잠겨버렸다. 숨이 막혔다. 내 말 속에 숨어 사는 뱀이 마른풀들을 헤치고 고개를 쳐들었다. 뱀의 차가운 눈빛이 그녀의 살갗에 닿아, 쨍그렁, 깨어졌다. 바람이 불지도 않는데 대웅전 처마끝의 풍경이 몇 번 숨가쁘게 울었다. 탱화 속의 황룡이 꿈틀거리며 핏빛 구름이 되어버리고 하늘에서 난데없이 비가 내렸다. 피였다. 얼굴 모르는 사람들이 내 말을 쓸어모아 거대한 쇠종 속에 넣었다. 종불알에 부딪혀 말이 깨어지고 혼돈의 소리들 속에 흔적도 없어졌다. 한참 후 연쇄강간살인이라는 말이 나왔다. 얼굴도 몸도 없고 생김새도 냄새도 없는 그냥 연쇄강간살인이었다. 그 막무가내의 말은 재빠르게 피, 정액, 음모, 윤리, 치욕, 파렴치와 비슷한 냄새와 색채를 가진 이름붙일 수 없는 것들과 서로 얽혀 치고 삼키고 뜯고 속삭이면서 오싹한 메아리가 되어 귀의 꼬불꼬불한 동굴 속을 통과하며 소리가 점점 증폭되었다. 그리고 그 무엇이 서서히 생겨나고 있다는 느낌이 오래도록 나를 소름끼치게 했다.

그게 다 지독한 사실이었다.

## 몸
—몽염 7

상처 속을 파고드는 못대가리에 망치질. 검사보는 타자기를 두드렸다. 범죄의 나날들의 위장된 조서를 날조하기 위해. 쓰러져가는 도살장 소의 정수리에 마지막 해머를 내리치듯. 타자지 위에 피가 튀고. 그렇게 한 청춘, 한 세월, 한 세계가 거품을 물고 쓰러지고 있었다.

그때 창밖은 선연한 봄. 목련 창백한 얼굴에 바람 없고. 한 마리 흰 나비 시간을 벗어버린 리듬으로 그늘과 양지의 경계를 넘나들고. 시멘트 바닥에 바글바글 끓는 햇살의 눈부심. 그곳에 내 눈의 초점이 잡혔다 풀렸다. 귀에는 중얼거림 타자기 소리 점점 멀어지고. 끓는 솥에서 김이 빠져나가듯 그때 나는 오랏줄에 묶인 내 몸을 빠져나가고 있었다. 초조함도 불안함도 어떤 환희도 희망도 절망도 없이. 다만 숨을 갑작스럽게 멈춘 정적. 모든 색깔이 탈색한 공백을 지나서 바글바글 끓는 햇살 속으로 섞여들고 있었다. 그 순간 고통스럽게 천천히 뒤돌아본 창 안에는 여전히 오랏줄에 묶인 나. 피로에 지친 체념으로 충혈된 눈. 달라진 게 없었다. 그토록 어렵게 지나온 그 상황은. 그리고 이곳 새로운 장소도……

다만 창 안과 창 밖의, 지나왔던 혹은 지나갈, 그 거리를 바라본다. 모험을 향해 가듯 희망을 갖고. 그 봄에, 악랄한!

# 말의 몸
—몽염 8

토사물을 볼 때의 낯섦처럼 그 밤에 내 속에서 내가 울컥 쏟아져나왔다. 그리고 혓바닥을 까부리며 국수가락 빼듯 말들을 토해냈다. 그 말은 귀에 닿으면 온몸이 새카맣게 타버릴 것 같은 참을 수 없이 뜨거운 욕설이었다.

내 더러운 색깔의 말들이 더러운 발로 나를 짓밟고 시큼털털한 냄새나는 오물을 몸에 처바르고 팬티를 벗겨내리고 더럽고 더러운 짓을 할 때에도 내 몸은 민감하게 반응할 뿐 죽은 시체처럼 꼼짝도 할 수 없었다. 그리고 나는 몇 걸음 떨어져서 눈물을 흘리며 그 광경을 바라보고 있었다.

말들은 야광의 이빨을 번쩍거리며 미쳐 날뛰고 있었다. 닥치는 대로 물어뜯고 망가뜨리고 먹어치웠다. 전기가 나가고 전화선이 끊어진 캄캄한 밤중에 기록된 모든 말들을 뜯어먹기 시작했다. 책들을 뜯어발기는 생피비린내가 도저히 참을 수 없을 지경이었다. 생선 가시처럼 날카롭고 아름답게 빛나는 어떤 시인의 시집 속의 말들도 피가 뚝뚝 떨어지는 그 입 속에서 우두둑 우두둑 부서지고 있었다. 책 속에서 조화롭게 서로서로를 지탱하는 말들이 찢겨져서, 절룩이는 말, 피 흘리는 말, 마지막 숨을 내쉬는 말, 비명지르는 말, 살려달라고 애원하는 말, 살점이 찢겨져 삼켜지는 말들로 삽시간에 아수라장이 되었다.

(그 참혹한 밤에 나는 무엇을 하고 있었나? 라고 말하지 않는다. 나는 증거를 찾기 위해 나를 심문한다. 그 참혹한 밤에 나는 무엇을 하고 있었나?)

## 입
### —몽염 9

살아야만 하는 좁고 높은 둑. 내가 선 곳을 중심으로 세상의 풍경들이 서서히, 조금씩 빠르게 돌고 있다. 풍경들이 내지르는 급박한 소리. 소리들이 귓전을 지나쳤다 다시 되돌아오면서 억센 손아귀로 내 멱살을 잡아챈다. 살점처럼 단추가 떨어진다. 푸른 나무, 누런 풀, 검은 학교, 검은 집, 검은 하늘, 흰 땅이 뒤섞여 범벅이 되어 시커멓게 하나로 변해간다. 사위는 어둡다. 세상은 소용돌이친다. 하늘에는 먹구름이 어지럽게 휘돌고 모든 것들을 그 속으로 빨아들이는 무서운 입이, 이빨도 없는 검은 입이 있다. 나는 그 입을 본다. 내 발은 필사적으로 땅을 움켜쥐고 움직일 수 없다. 낮게 엎드려 소리를 틀어막고 우는 마른풀들 곁에서 나무 한 그루가 뽑혀 입 속으로 들어간다. 강물이 바닥나고 뿌리 없는 돌들이 공중에 뜬 채 입 속으로 들어간다. 나는 색깔도 없는 그 입을 본다. 땅이, 세상이 흔들린다. 바람이 입을 틀어막고 세상의 끝으로 간다. 땅을 삼키고 있는 그 입을 본다. (끝을 삼킬 수 있을까?) 입 속으로 빨려들어가는 땅을 부둥켜안고 나는 애원한다. 살을 증발시키는, 뼈를 녹여버리는 이 초조함, 떨림마저 삼켜다오. 공포, 공포의 기억, 공포의 기억의 기억……마저 남김없이 삼켜다오.

애원은 목구멍을 빠져나오며 말이 되지 않고 비명으로 토막토막 끊어진다. 귀가 없는 지칠 줄 모르는 그 입이 삼키는

것들, 내 몸이 삼켜지는 것들을 나는 끝까지 본다. 기억까지
삼켜다오!

# 뒤돌아보다
## —몽염 10

기억나지. 살아가기 亡亡하던 시절의 희망처럼 작은 창문. 그래도 그곳으로 줄곧 빠져나가던 내 짧은 꽁초의 사라져버릴 짧던 꿈. 벽은 높았고 천장은 낮았다. 그래도, 그래, 기다렸다. 그 누구 그 무엇이 나를 불러주기를…… 오랏줄에 묶인 나를 사정없이 끌고 가주기를 기다렸다. 그 부름이 다시는 돌아올 수 없는 마지막 작별이라는 것을 알지 못하고…… 알지 못함의 결박에 걸린 요지부동의 그리움이 설사처럼 내 몸을 빠져나가는, 기억나지 살아가기 망망하던 시절의 바다처럼 깊은 절망.

눈을 떠라! 무지막지한 힘이 밧줄에 걸린 내 목을 죄어올 때 붉은 고깃덩이처럼 혀를 입 밖으로 늘어뜨리지 말고 생선꼬리처럼 허공을 퍼덕여 한마디 욕이라도 뱉아라! 눈을 감고 이게 꿈일 거라고 무너지며 안간힘쓰지 말고 차라리 내 손으로 내 목의 밧줄을 잡아당겨라! 그리고 비명을 질러라! 그 비명이 오래된 먼지를 깨우고, 풀잎을 깨우고, 꽃잎을 깨우고, 담쟁이덩굴을 깨우고, 벽돌을 깨우고, 공기를 깨우며 질주하다가 서서히 육체를 갖기 시작한 후, 그 몸 속에서 이는 조그만 생명의 불꽃을 내가 즐거이 바라볼 수 있을 때까지.

# 백지 위에서 1
## —몽염 11

소개한다. 나는 'ㅁㅗㅇㅇㅕㅁ'이다. 나는 컴퓨터 화면 위에서, 백지 위에서, 형광빛 청색을 깔고 누워, 오도카니 앉아, 그를 쳐다본다. 그의 핏발선 두 눈을 찌른다. 그의 시신경과 이어진 뇌의 영상에 환몽이라는 말의 비명이 비쳤다 스러지고 'ㅁ' 또는 'ㅇ'으로 시작되는 모든 단어들이 재빠르게, 그림자처럼 스쳐 사라진다. 그의 심장의 고동은 빨라지고, 그는 'ㅁㅗㅇㅇㅕㅁ'의 감옥에서 빠져나오지 못한다. 그는 홀로 고통과 분노를 부르짖고 숨을 헐떡인다. 나는 이렇게 가만히 백지 위에 있다. 검은색의 부유로. 그러나 그들은 나를 마시기도 하고 찢기도 하고 어루만지기도 하고 훑어내리기도 하고…… 아무튼 자신들의 몸의 신경선, 동작선, 감정액 등을 움직이는 리모콘의 전자파처럼 나를 생각한다. 그들은 생각할 것이다. 보지 않으면 돼! 그러나 나는 있다. 여러 가지 모양의 것들과 뒤엉키고 이어지면서 형광빛 화면 위를 살은 듯 톡톡 튀거나 백지 위에 영원한 자취처럼, 지워지지 않는 얼룩처럼, 있다, 있다……

# 꿰뚫고 나아가다
—몽염 12

바위 속처럼 끝없는 캄캄함 속에 나는 있다. 나의 눈은 너무나 잘 본다. 캄캄함을, 진흙처럼 물렁물렁하고 고무처럼 질긴, 내 눈은 어둠 덩어리를 오래도록 본다. 그리고 익숙해진다, 그것이 자기 자신인 것처럼. 그 속으로 미끄러져 들어간다. 한 사내가 어둡고 습기찬 질(膣) 속으로 흡입되듯. 이렇게 내 몸은 다른 곳으로 옮겨진다, 전혀 움직일 수 없는 어둠 속에서도. 그렇다! 하지만 여자의 질 속으로 들어가기가 그렇게 쉬운가. 어둠의 뱃속에서 그것이 자기 자신인 것처럼 오래도록 웅크려 있기가 쉬운가. 사방이 캄캄하게 막힌 속에서, 사실 어둠은 또 얼마나 단단한가, 바위처럼. 그 속에서의 시간. 깊은 잠처럼 달디단 체념이 더 캄캄하고 더 단단하다. 눈을 뜨지 않겠다는 힘으로 눈을 떠라!

딱따구리가 어둠을 쪼듯 나는 손을 들어 캄캄한 바위를 쫀다. 내 시선이 몸 속으로 들어가 대뇌 속의 **바위 뚫고 핀 꽃**에 닿는 힘으로 몇 걸음 나아간다. 그곳은 내가 뚫고 나아온 곳과 같은 캄캄함과 단단함이 있다. 그러나 나는 놀라지 않는다. 내 시선이 몸 속으로 들어가 대뇌 속의 **바위 뚫고 핀 꽃**을 만나는 힘으로 그곳의 육체를 느낀다. 그리고 천천히 내 몸이 어둠 속으로 어둠이 내 몸 속으로 미끄러져 들어와 섞이고 마침내 캄캄한 바위는 없고 나만 있는 마침내 나는 없고 어둠만 있는 마침내 그 둘은 없고 새로운 무엇인가가 환하게 꿈틀거리는(그런 확신은 도저히 꺾여지지 않는 단단한 금속 막대기처럼 내 몸을 뚫고 나무처럼 잎을 틔우고 있었다).

# 그녀의 몸
—몽염 13

그녀를 처음 만났을 때 그녀의 몸 앞에 문이 하나 있었다. 갈색이 조금씩 섞인 검은색의 머리칼, 웃을 때면 패이는 눈가의 주름, 귀, 목, 굵고 갈라진 손가락, 다리, 신발에 감싸인 발, 웃을 때면 보이는 입 속의 이빨과 붉은 목젖들이 투명하게 보이는 유리문이었다. 빤히 보이는데도 그녀의 몸은 만질 수 없었고 그녀를 감싸며 퍼져나가는 그녀의 몸이 증발하는 향기도 맡을 수 없었다. 그녀가 유리에 손을 대면 나는 그 자리에 손을 대고 그녀의 손을 그러잡았다. 유리에 입술을 대면 그 자리에 입술을 댔다. 두 입에서 나온 입김이, 한 순간, 유리를 녹여 문이 없어진 것 같은 착각을 일으키게 했다. 젖꼭지를 갖다대면 나도 그 자리에 알몸의 가슴을 갖다댔다. 유리의 차가운 이물감!

나는 그녀를 보면서 내 몸을 뒤진다. 머리카락에서 살갗, 붉고 흰 구불구불한 뇌. 입술에서 이빨, 혀, 목젖. 가슴, 젖꼭지에서 두근대는 심장. 살갗에서 핏줄, 핏줄 속의 피, 피의 맥박…… 그러는 가운데 내 눈은 줄곧 그녀의 눈을, 그녀의 눈은 줄곧 내 눈을 쳐다보고 있다. 지극함이 서로를 쳐다본다. 유리문이 있지만 눈이 그것을 넘나든다.

어쩌다 문이 열리면, 열린 문으로 몇 발짝 앞으로 나갈 수 있었지만, 그곳이 그녀는 아니었다. 그녀의 몸 앞에 문이 있다. 문을 열면, 그녀의 대뇌 속이거나 뱃속이거나, 그녀의 자궁 속이었다. 그러나 그 속에서는 그녀를 사랑할 수 없었다. 그곳이 내 대뇌 속이거나 뱃속이거나, 내 자궁 속인지도 몰랐다.

## 상처를 어루만지며

너는 나의 상처
내 몸의 지하 동굴에 비치는 한 줄기 빛이었어
눈먼 고통을 발바닥 없이 헤매일 때

번데기처럼 웅크린 고통이
어둠의 어딘가에서 번식을 기다릴 동안
검게 타는 몸 전체의 둔중한 아픔
아물지 않을 틈새였어

기다리는 눈으로 네가 나를 돌아볼 때
적외선처럼 내 몸을 투과하는 너의 시선
내 몸의 틈으로 가물거리는 빛이었어

찢어진 피의 쓰라림이 고통에 눈을 뜨게 해
너는 나의 상처였어
너를 어루만지면
소스라치는 밝은 아픔이었어

# 엽서 1

—비 내리지 않는 습한 거리를 돌아오면서 나는 지쳐서 휘청입니다.

내 지침을 받아줄 그대, 어디에도 없고, 돌아봐도 없고,
눈을 감고 느끼려 해도 없고, 없고, 없고,
이렇게 많은 생각과 이렇게 넘치는 마음뿐인 내 사랑.
"넌 잘 갔느냐고 전화도 한번 못 하니?"

(떠오르네 네 모습. 떠오르네, 떠오르네 습한 거리를 벗어나 따뜻함이 있는 실내에서, 음악이 흐를지도 모르지…… 만년필을 잡고 있는 네 흰 손. 네가 편지 쓸 때의 마음의 공간 속으로, 네가 쓴 글자들을 따라 들어가네. 그 공간은 시간이 없네. 널 찾는다. 넌 없어. 보이는 듯하다. 만져질 듯하다. 그러나 긴 한숨의 몸. 비대한 한숨이 주윌 두리번거리네.

떠오르네 네 모습. 떠오르네, 떠오르네 편질 쓰다가 힐끔 전화기를 건너다보는 네 얼굴. 그때가 언제였나…… 편지 끝에 날짜가 없다. 우표 위에 찍힌 스탬프 도장을 지나간다.)

—무서운 것은 사랑이 아무것도 이룰 수 없다는 데 있지 않고 애초에 사랑이 불가능하다는 사실. 네가 내 손을 잡아줄 수 없듯이, 내가 네 손을 잡아줄 수 없음.*

(방문이 열렸던가…… 어느새 책상 위에 어두운 그림자. 귓속으로 고압선 전류가 빠르게 달려가고, 순간, 얼굴이 숯불처럼 달아오르지만, 태연하게 그림자의 주인을 올려다보네. 눈은 계속 그 사람을 묶어두면서 옆에 있는 책을 들어, 엉거주춤, 읽던 엽서를 덮네.)

—사랑하는 것이 죄로 둔갑한다면
그때 우리는 무엇을 사랑할 것인가**
(불륜이라는 글자가 난데없이 머리에서 뛰쳐나와 땀방울처럼 뚝뚝 떨어지네. 잉크가 번지고 엽서가 온통 더럽혀지네. 에잇! 끈끈이같이 눌어붙은 이 더러운 목숨아!)

—나를 사랑합니까?
아니오. 아니오. 아니오.
당신을 사랑하는 것은 너무 아파서 싫어요.
(떠오르네 울음을 참는 입술 깨문 이빨, 그 모습이 아아, 아프네 살갗을 쥐어뜯는 무딘 면도날처럼…… 재빠르게 써내려가는 너의 손과 얼굴은 그 당시 평온하고, 내 마음 쏟아지도록 출렁거리는 글자들이 아그작아그작 시간을 잡아먹고는 유령처럼 시침 뚝 떼누나.)

—무엇이 가능할 것인가.
부질없음에서 헤어나지 못하는
이 어리석음.

(초조하다. 네가 사라질 것 같아. 이 엽서마저. 엽서는 끝나고 더듬거리며 뒤집어 인쇄된 그림 샤갈의 「새와 꽃다발」의 붉은 주조색 속에서 찾는다, 암호를. 그림의 공간에 공간이 겹쳐진 공간으로 들어가 단정한, 겹겹의 옷을 껴입은 너의 옷을 벗긴다. 이런! 단추가 모두 칼날이야! 베여 쓰라린 상처에서 피가 돋는다. 이건! 옷이 아니라 가시덤불이야!)

* 이성복, 『그대에게 가는 먼 길』, 639번.
** 같은 책, 461번.

## 지하철 역에서
### —몽염 14

너의 하얀 손의 푸른 길, 그걸 더듬는 떨리는 숨…… 검은 밤의 노란 반딧불처럼 공중을 날아다니는 낯선 시선.

형광등이 켜진 너의 내장의 긴 복도. 초조와 불안이 무서운 속도로 너의 내장벽을 긁으며 날카로운 빛조각을 쏘아대고…… 내 입에서 네 입으로 건너가지 못하는 무엇인가가 재갈처럼 물려 있고, 내 입에서 튀어나오는 웅얼거림이 점점 뜨거워져 네 귀는 그만 녹아흐른다.

너는 내게서 점점 멀어진다. 손을 잡아다오! (이게 내가 하고 싶은 말이다.) 그러나 말도 없고 귀도 없다. 손을 잡아다오!

그때 돌아보는 네 입 속에서 폭발하는 굉음이 천천히 속도를 줄이며 내 귀 속으로 들어온다. 슬픔은 왜 그렇게 꼬리가 긴 것인지 내 몸을 다 채우고도 그것은 늘어져 귓바퀴를 무겁게 짓누르고 있다. 불안한 고개를 들어 없는 너의 손을 찾는다. (내 손을 잡아다오!)

## 사랑하는 네 속에

혈관 속에
네가 있어 사랑하는
네가 있어
나는 춤춘다

어느 새벽
새파란 가시들 새 발가벗은 탱자 딸 때
수줍은 소리치며 달아나는 너

내 닫혀진 몸을 열고 피는 꽃
기억하니? 너는 내 심장이었다는 것을
내 혈관을 뛰어다니던 피였다는 것을

재가 되어 아득한 뿌리에 다가갈 때까지
붉은 꽃, 사랑하는 네 속에
타오르는 불빛으로 살아

혈관 속에
내가 있어 춤추는
내가 있어
너는 밝다

# 햇빛의 볼륨을 높여라!

나무의 손목을 잘라 그 피를 마신다
녹색 피의 황홀
햇빛의 볼륨을 높여라!
푸른 하늘에 구름의 커튼을 쳐라!
자지러지고 메아리치는 새소리의 튕기,
튕글, 튕굴, 굴렁, 령혼이 폭발!
하여 몸 밖으로 뛰쳐나오는
자지러지고 메아리치는 히로뽕
새소리의 환각 속에
햇빛의 볼륨을 높여라!
푸른 하늘에 구름의 커튼을 쳐라!
옷을 벗고 잎잎에 누우면
소용돌이치면서 바닥으로 떨어지는 물결 위에 뜨는 숨결
나무의 꼿꼿한 성기가
나의 질 속으로 들어온다
햇빛의 볼륨을 높여라!
내 몸을 초록음의 공명으로 부르르 떨게 하는
나무의 힘찬 射精!
초록 뒤의 더 짙은 초록 겹쳐지는 청록
뒤엉키는 녹색 바르르 떨리는 녹색
희미한 녹색

출렁이는 초록닢 사이로 비쳐드는 肥音
죽어도 좋아! 녹색의 황홀경!
죽음을 치고 튀어오르는 섹스!
나무와의 섹스

## 백지 위에서 2

그가 걷잡을 수 없는 어떤 힘에 붙들려 자기 생이 벼랑에 걸린 듯한 불면의 고통에 부들부들 떨며,

밝은 대낮 순식간에 수억의 물방울을 공중에 뿌린, 녹색의 찬란한 물방울의 잎들을 겹겹이 펼친 나무를 생각하며,

그를 한줌의 흙으로 만들 약의 독기운이 살점을 점령해오고 세포들을 결박해올 때…… 그의 목을 잡아채 그의 뿌리를 허공에 둥둥 뜨게 할 밧줄이 빠른 박동처럼 내려올 때,

그는 앉은 책상에서 땅의 중심으로 더 깊이 뿌리를 내리고, 영문모를 솟구치는 생기로 춤추는 잎잎들 사이로 끊임없이 폭발하는 빛폭약의 나무를 생각하며,

쓴다, 나를. 그의 몸이 속의 뜨거움으로 줄줄 녹아내려 펜끝으로 방울방울 떨어지는 것처럼, 백지 위에 낭자한 핏자국으로

그가 산산이 폭발한 백지 위에 뒹구는 살점의 파편들!
그의 잔해들 사이로 그를 찾는 슬픈 그들의 눈으로 나는 날카롭게, 애무에 눈멀도록 스며든다.

# 글 자

발길 닿지 않는 산중
억새 하나 피었다 바람에 흩어지고

헬 수 없이 많은 비바람에 반쯤 허물어진 산사 뒤곁 비탈
있는 듯 없는 듯 놓여 있던 돌멩이 하나
까닭없이 굴러 떨어지고

수많은 날들이 흐르고

인연 없는 사람들이 나고 죽고

인간이 만든 글자 하나
빛 없는 우주 공간에 떨어져 고립되고

# 이름붙일 수 없는 것
—몽염 15

쉽게 뽑힐 것 같아…… 그러나 손으로 비틀고 이빨로 물고늘어져도 뽑히지 않는 목이 좁고 긴 병 속에서 어떤 것을 본다. 이름붙일 수 없는, 희고 얇고 펄렁거리는 것을 본다. 어디에서 생겼는지 알 수 없지만 공중을, 시작도 없이, 끝도 없는 것처럼 떠도는, 피리의 소리떨림판같이 예민하게 떨리는 그것을 본다.

겨울, 뼈처럼 희게 번쩍이는 저 가지에 앉았다 흔적 없는 첫눈처럼

동백 붉은 꽃잎 위에 떨어져 줄기의 물관이나 잎맥 속으로

혹은 증발하여 얼룩마저 이내 없어지는 빗방울처럼

물결에 수없이 잘게 부서져 사라지는 노을처럼

먼지를 타고 어디론가 떠나가는 오후의 햇빛처럼

여인의 다갈색 눈동자에 맺혔다 도로 그 여인의 몸 속으로 삼켜지는

체온보다 뜨거운 눈물처럼……

나는 그것이 모두 한꺼번에 내 속에서 쏟아져나온 것처럼, 떨어져나간 내 살점처럼 애끓이며, 아프게, 보고 또 본다. 맥박 같은, 숨결 같은, 그러나 영원히 닿지 않을 이름붙일 수 없는 그것을, 본다는 느낌도 없이 본다. 내 살갗 같은 목이 좁고 긴 병 속에서

# 죽음 같은 기억이
## —몽염 16

잠속에는 길도 집도 꿈도 없었다. 캄캄한 죽음 속에 시체처럼 누워 있었다. 깨고 나면 온몸에 잠이 응고된 피고름처럼 눌어붙어 있었다. 기억이 아물지 않고, 발목을 휘감고 발끝에 채여, 아픈 발가락 사이로 드물게 길이 보였다.

깨고 나면 죽음에 흠씬 젖은 몸을 흩어지는 공기에 내어 말렸다. 말리는 동안 꿈이 또 등덜미를 낚아채고 속삭였다.
복숭아꽃 향기 속으로 정지된 듯 날아가는 봄날의 현기증 나는 꽃잎, 꽃잎 같은 나비떼!

잠속에는 길이 없으므로 발목을 자른 채 드러누웠다. 꿈틀거리면 잠 밖, 낭떠러지였다. 깨고 나면 애벌레, 온몸이 가시털로 뒤덮인 징그러운 몸부림이었다.

햇빛이 설탕처럼 잘게 부서지는 저 멀리 아련한 나비의 길이 그래도 남아 있다고 죽음 같은 기억이 속삭였다.

# 엽서 2

눈 내린다.
널 만날 수 있다면.
내일은 전화를 할까, 행복한 마음이었다가
아니. 고개 저으면서 쓸쓸해진다.
언제까지나 내겐 쓸쓸한 자리일 너.

아니야.
이 세상에 네가 있다는 것이 얼마나 위로가 되고 감사한지.
새해 아침에. 네가 눈뜨기 전에.
희고 싱싱한 카라 한 다발
커다란 유리병에 담아 네 책상 위에 놓아주고 싶다는 생각을 했어.
물 속에 잠긴
푸른 대궁의 아름다움이 널, 행복하게 할 거야.
친구. 내 친구.
많은 날들이 당신을 위해 있기를
(너의 입에서 솟아나온 물이 쉼없이 내 귀를 적시네.
내 몸을 서서히 적시고, 머리카락 끝까지 잠겼을 때
질식의 팽팽한 순간, 내 몸은 녹아내리며 네 몸과 섞인다.

수면을 뚫고 솟아오른 물풀 한 줄기?

네가 낳은 나?
내 몸에 잠긴 푸른 대궁의 너?

공기옷 속에 발가벗은 창백한 몸이여!)

## 너의 몸을 허공에 새기며

너에게 다가가긴 쉽지만, 네 속으로 들어갈 수가 없구나. 꿈쩍도 않는 너. 차라리 난 네가 되고 싶다. 될 수만 있다면, 난 죽어도 좋아. 다만 의식의 색깔이 흐려지는 마지막, 내가 네가 되어가고 있는 순간을 살 수 있을까? 그리하여 하나가 다른 하나의 삶의 추억을 천천히 되새기며 일생을 살아낼 수 있을까?

꿈쩍도 않는 너. 너의 입술을 열고 수액을 취하도록 마셔도, 불의 옷처럼 따뜻한 너의 살갗에 진딧물처럼 달라붙어 있어도, 몸 한번 비틀지 않는 너.

석양빛 붉은 꽃잎 속을 드나드는 곤충처럼 머리로부터 몸의 절반을 집어넣어도 삼키지도 않는 너.

너의 귀처럼 오목한 잎의 한가운데로 곧장 들어가 새를 낳고, 꽃 낳게, 너를 폭발시켜주겠노라고 속삭여도 꿈쩍도 않는 너.

비단처럼 부드럽게 드러누운 울창한 너의 푸른 몸 속으로 다이빙!

해도 아아, 빗나간 사랑처럼 나는 끝도 없는 허공을 빠르게 추락하는구나. 허공에 부딪혀 찢어지는 내 살점으로, 너의 몸을 허공에 새기며,

너를 추억하며

## 삶을 마셔버린 사랑

오오! 알을 품은 뜨거운 죽음이여
오오! 삶을 마셔버린 사랑이여

네가 관자놀이를 겨냥하고
방아쇠를 당길 때
나는 어두운 약실에 웅크려
길지 않은 총열을 통해
네 몸의 고동치는 맥박을 본다!

## 다른 속삭임으로

불붙는 듯한 현기증으로 너의 몸을 달린다
사자의 갈기 같은 야생의 풀들이 물렁물렁하게 맨발을 감싸고
발바닥은 깊은 땅 밑에서 솟아오르는 것처럼 가볍다

사랑에 빠진 새벽
젖은 향기가 달콤한 열매처럼 잎 뒤에 숨어
달리는 갈증을 퍼내고
젖꼭지까지 솟아오르는 나무의 수액이 소용돌이친다

푸르스름한 새벽 숲에서
땀방울처럼 돋아나는 다채색의 반짝이는 꽃들
굽실거리는 나뭇잎의 파도

새벽잠을 깨어나는 너의 숲에서
신선한 바람이 파도처럼 시원하게 이마를 짚고 가는
밝아오는 너의 눈동자 속에서
축축한 새벽의 생즙들이 안개처럼 휘발한다

열매의 주위를 맴도는 날벌레들처럼
말이 네 살갗에서 윙윙거릴 때

입 속에서 날개치던 혀는
폭발한다, 화산처럼, 다른 속삭임으로

# 이제, 사랑이

헝클어진 너의 들판을 불태우고
너의 입술에서 솟아나는 샘물로 목을 적시네

마지막 태양은 몸 밖으로 떨어지고
길 잃은 나는 길 밖에서 허둥대네

이제, 사랑이 희미해지는 시간
내 몸도 지워져가네

처음엔 목마른 눈짓이
얼굴. 꿈틀거리는 몸통이
그래도 손짓하는, 팔은 잘라버리네

# 틈, 구멍

나는 너의 몸 속으로 들어가려 한다

시원한 나무살 속으로
가녀린 잎살 속으로
숨막히는 물살 속으로

음악의 귓속으로
벌집의 입술 속으로
해당화 젖은 꽃술 속으로

갈라진 틈 속으로
터진 구멍 속으로

들어가서는?

낳아!
다른 나를 다른 너를 다른 그를 다른 입술을 다른 나무를
나른 물을 다른 귀를 다른 생삭을 다른 마음을 다른 영혼을
낳아! 다른 몸을

다른 몸을?

그러면 나는? 내 몸은?

틈
구멍
오! 순간들! 살아가는 모든 인생의 순간들이여……
가로질러 비껴가는……
포착되지 않는…… 목마른…… 애타는……
너와 내가 섞이고 있는
이미 내가 아닌, 아직 내가 아닌
오! 내 몸이 아닌 순간들이여!

# 물 속의 물방울

너의, 살 속으로 들어간다. 투명한 너의 몸이 나를 감싼다. 나를 보태고도 넘치지 않는 너의 몸! 찢어지는 아픔도 피 흐르는 고통도 없는 너의 몸 속에서 나는 숨이 가쁘다. 호흡이 곤란하다. 내가 나의 몸으로 남아 있으려고 몸부림칠수록 숨은 점점 끊어져오고 네 몸은 내 몸을 틈없이 너무나도 꼭 맞게 마신다.

네 속으로 들어가는 순간 너는 내 속으로 들어왔었다. 그걸 알았을 때 내 몸은 네 속에서 거의 사라지고 없었다. 나를, 내 몸을 찾을 수 있을까? 너를 다 퍼내고 남은 발라진 생선 가시일까? 내 몸은, 네 몸이 증발하고 남은 얼룩일까? 너의 살 속으로 들어갈 때 이미 나는 네 몸에 젖어 있었다.

물 속의 물방울이여.

## 맑은 꽃들을 뱉아내듯, 나를 낳아!

솟았다 꺼지는 너의 몸의 유혹, 굴곡의 빨아들임, 나는 자꾸만 너의 몸 속으로 자맥질한다. 너의 몸 안의 두근거림, 그 물코를 빠져나가는 피라미처럼 파닥거리는 내 피, 바닥 없는 너의 몸을 나는 한없이 빠져들어간다.

네 몸 속에 근심 너울거리는 수초처럼 나의 자맥질이 비늘 번쩍거리는 물고기가 될 때, 허망한 눈, 반복하는 삐끔거림, 미세한 네 몸의 떨림에도 소스라치듯 너의 깊은 곳으로 사라지는 근육의 충동!

네 몸에서 안개가 피어오르는 이른 새벽, 희부윰한 정적 속에서, 통증도 없이 맑은 꽃들을 뱉아내듯, 나를 낳아! 너의 살, 너의 피와 체온을 가진 나를 낳아다오!

# 너의 몸은 내 몸에 잠겨

내 손끝에서 네가 돋아난다.

내 벗겨진 살갗에서 방울방울 맺히는 피처럼 내 살 끝에서 너는 뿜어오른다.

삶이 끊어진 내 육체에서, 울음을 참는 입술이 사라진 내 육체에서, 머리칼과 손톱이 자라나듯,

썩음을 먹고 그것들이 자라나듯…… 죽음의 밑바닥을 디딘 내 몸을 딛고 너는 화사하게 피어난다. 한여름의 이른 아침

내 슬픔의 푸른 심연을 들여다보는, 밤새, 목마른 흰 수련처럼 너의 몸은 내 몸에 잠겨

〈해 설〉

# 비명의 몸

김 진 석

몸이여, 괴롭고 괴로운 것이여.

단순히 의식만의 고통도 아니고 정신만의 그것도 아니다. 그들 모두를 관통하며 그들을 감싸던, 역시 나름대로 터지며 찢어지는 그들을 감싸며 견뎌왔던 고통의 그릇인 몸이 깨지고 부서진다. 의식과 정신의 파편만이 아니라, 말 그대로, 아니 말 이전과 이후에, 몸뚱이의 파편이 여기저기 널려 있다. 그것은 발 밑에서 그럴듯한 효과음 소리를 내며 밟히는, 그래서 별 탈이 없는 조각들이 아니다. 그것은 몸뚱이 조각들이다. 심지어 발바닥마저 이미 부서지고 타버렸다. 발도 잘려 나갔다.

그렇다고 단순한 악몽도 아니다. 쉽게 머리 한번 흔들은 후에 더 이상 잡것에 쫓기지 않는 현실로 되돌아올 수 있는 그런 일시적인 꿈도 아니다. 그렇다고 소위 이데올로기와 이념만이 도면 위에서처럼 한결같이 지배한다고 설정된 실제의 경험도 아니다. 그런 구분을 애초에 넘어간, 그런 구분 밑에 가라앉은, 아니 어쩌면 그 구분 자체에 무겁게 짓눌리며 깔려 있던 이름붙이기 힘든 것이 부서지면서 와르르 몰려오며 펼쳐지고 휩쓴다.

특히 좋아했던 말, 또는 싫어하던 말이 때로 부담을 줄 만큼 무게를 가지는 때가 있음을 우리는 안다. 그러나 그들, 아니 모든 말들이 갑자기 거대한 몸뚱이를 가지며 우리를 짓누르는 공간, 어떤 글자가 우리 몸보다 커지면서 보이지도 않는 그 몸으로 우리를 내리누르는 공간이 채호기의 시의 공간이다. 정상적인 감각과 지각의 척도가 갑자기 무너지면서, 갑자기 위협적인 속도 혹은 정지 속에서, 감각과 지각은 위험하게 확장되거나 극소화된다. '사,' 아니 심지어 'ㅅ'이란 글자(시옷으로 시작되는 어떤 말에서 왔을 수 있다. 물론, 소중한 '사랑'이란 말에서 떨어져나왔다고 생각해도 좋다, 그럴수록 고통은 커질 것이다)가 어떤 집의 기둥인지 알 수 없지만(존재의 집인지 모른다, 그럴 것이다, 그럴……) 기둥처럼 커져서 쓰러지면서 몸을 덮친다, 피가 튄다. 그런데도 조용하다. 이상하다…… 비명이 질러진 것 같은데도 조용하다. 그래서 더 끔찍하다. 그런데도, 또, 여전히 소란스럽지 않다. 시적 화자는 아직도, 아직도……(지금이 언제인가?) 호들갑떨지 않는다. 상투적인 고통의 매너리즘도 없다. 이 그림 또는 화면은 빠른 속도로 또는 정지된 채, 한동안, 그렇게, 그렇게, "있다, 있다……" (p. 77). 존재는 소리도 없이 자꾸 뒷걸음친다. 그것도, 제자리에서. 묶이지도 않은 것 같은데도 묶인 채로.

*

괴롭게 되어버린 것은 많다. 그 중의 하나가 위의 사랑이다. 이것은 채호기의 시들 속에서 일어나는 사건의 표면적인 진행에서 굵은 줄거리를 형성하는 듯하다. 그런데 어쩌다 사랑에 이런 일이 벌어졌을까? 이성복의 사랑의 단상에서 따온 말이 있다: "무서운 것은 사랑이 아무것도 이룰 수 없다는 데 있지 않고 애초에 사랑이 불가능하다는 사실. 네가 내 손을 잡아줄 수 없듯이, 내가 네 손을 잡아줄 수 없음 〔……〕 사랑하는 것이 죄로 둔갑한다면 그때 우리는 무엇을 사랑할 것인가"(pp. 83~84). 이제, 더 이상 사랑은 불가능하다는 사실만도 사실 충분히 아프다. 그러나 거기서 더 나아가, 애초에, 애초부터, 처음의 처음 이전부터, 사랑이 불가능하다.

처음은 무엇인가? 이 처음은 일종의 끝을 미리 내포하는 그러한 시작이다. 끝까지 사랑은 불가능할 것이다. 그러나 여기에도, 이 불가능한 사랑에도 여러 갈래가 있을 터이다. 그 하나로, 그 불가능함 및 그것의 비극적 낭만성을 계속 노래하는 노래가 있다. 자꾸 노래할 수 있는 한, 이 불가능함은 그래도 달콤하다. 이 점에서 이 비극성은 어느 정도의 낙관성을 아직도 품는다. 채호기의 사랑은 그것과는 다르게 아프다. 그것이 단순한 노래의 차원에서만 머무르지 않고 몸의 아픔과 찢어짐을 보여주는 한 그렇다. 위의 시를 계속 읽으면:

(불륜이라는 글자가 난데없이 머리에서 튀쳐나와 땀방울처럼 뚝뚝 떨어지네. 잉크가 번지고 엽서가 온통 더럽혀지네. 에잇!

끈끈이같이 눌어붙은 이 더러운 목숨아!)

'불륜.' 그것은 물론 여기서 윤리적인 척도에 따르지는 않는다. 오히려 일종의 존재론적 척도를 따른다: 사회적으로 해서 안 될 사랑을 해서가 아니라 애초에 불가능한 것을 해서 그렇다. 그러나 도대체 그런 것도 불륜이라 부를 수 있는가. 공연히 정신분석학적인 분석의 희생물이 되지 않겠는가 (정신분석학적인 분석은 좌절된 사랑의 욕구가 대체 충족의 길에서 몸과 몸의 섞임이라는 환상 또는 악몽을 만들었다고 할 것이다. 오, 멍청하고도 멍청한 멍청함이여! 사회 안에 금지와 억압과 거세의 현상이 실제로 전혀 없는 것은 아니다. 그러나 그 신화는 욕망의 움직임에 대한 유일한 기준도 아니며 그것에 대한 유일한 해석도 아니다. 오히려 그것은 바로 그 금지와 억압과 거세를 재생산한다. 나아가, 욕망들을 외디푸스 콤플렉스에 종속시킴으로써, 가족의 삼각 관계를 고정화시키고 욕망들을 모두 신경증적인 불구 상태에 예속시킨다. 사랑은 그렇게 불구가 되었다). 그것은 다른 방식으로, 즉 채호기의 방식으로 아프고 아프게 만든다. 불륜이란 것은 글자로 존재하다가 머리에서 튀어나오면서 육체의 연관 속에 휩쓸린다. 땀방울이 흐르고, 잉크로 씌어진 글자의 몸이 일그러지고, 몸은 생명처럼 괴롭다. 그의 시는 몸의 분열과 마비와 무기력을 너무도 치열하게 보여주는데, 그 이유 중의 하나는 아마도 바로 이 불가능하다고 여겨진 사랑 때문이다. "네가 내 손을 잡아줄 수 없듯이, 내가 네 손을 잡아줄 수 없음."

그런데도 몸이 만나고 몸의 가지들이 만난다면, 아니 만나려고 한다면? 금지된 것이기 때문에, 그 만남은 일그러지고 몸의 가지들은 부서져야 하는가? 사랑이 이미 불구가 되고 불가능해질 때 시인의 사랑의 욕망은 파괴적 성질을 띨 수 있다. 불구가 된 불가능한 사랑을 하지 못하게 몸은 자기를 불구로 만든다면. 「이제, 사랑이」라는 다음 시를 읽어보자:

〔………〕

이제, 사랑이 희미해지는 시간
내 몸도 지워져가네

처음엔 목마른 눈짓이
얼굴. 꿈틀거리는 몸통이
그래도 손짓하는, 팔은 잘라버리네 (p. 100)

아으, 근원적인 사랑의 불가능, 사랑의 근원적인 불가능성에 매달린 몸은 자기의 가지를 잘라버린다. 그러나, 이러한 존재론적 가학성 에로티시즘은 무엇인가? 이상에 너무 집착하기 때문에 그것의 상실과 부재에 너무 괴로워하는 폐쇄된 이상주의자의 모습과는 어떻게 다른가? 또 그것이 다시 위에서 우리가 멀리한 정신분석학적인 금지·억압·거세의 신화에 빠진 것이 아니라면 어떤 점에서 그런가?

채호기의 '사랑 시'에 나타나는 몸뚱이들은 거의 모두 마비되고 분절되고 잘라지고 있는데, 이러한 몸의 파괴 또는 분열이 단순히 결핍에의 집착과 그에 따른 몸의 학대에서만 나왔다면 그것은 정신분석학적 대상에 지나지 않을 것이다. 그러나 그 잘라짐과 분열은 다른 종류의 것이다. 병리학적인 또는 의학적인 개념을 쓰자면, 채호기 시에 나타나는 욕망은 신경증의 징후가 아니라 분열증 또는 사이코시스의 징후이다(이런 말을, 과감하게, 한 훌륭한 시인의 시들을 읽기 위해 쓰고 싶다). 정신분석학이 욕망을 주로 신경증적 현상으로 해석했다는 점에서, 우리는 여기서 탈외디푸스적인 욕망의 분열을 마주한다. 그것은, 사회 안에서 억압과 금지에 전혀 의존하지 않는다고 할 수는 없을지 몰라도, 근본적으로는 다른 방향으로, 다른 방향들로 움직이고 있다. 한편으로는 현실에서 현실 원칙을 인정하면서, 현실 원칙에 의해 욕망의 충족이 금지되었기 때문에, 다른 한편에서, 꿈과 상상을 통해, 몰래, 그것의 충족을 대체하는 허약하게 도착된 욕망이 아니라, 스스로 자발적으로 몸을 부수는 욕망이다. 유기체로서의 몸이라는 것은 바로 저 억압과 금기의 신화가 만들어낸 대상이기 때문이다. 즉 권력은 단순히 우리 몸을 구타하거나 거기에 직접적으로 상처를 입히려고만 하지는 않는다. 그것은 원시적인 권력의 형태에 해당한다. 오히려 그것은 지금 개인들의 몸을 유기체로 구성시킨다. 바로 그럼으로써 여러 가지 방식으로 자질구레한 결핍의 장치가 거기에 상응하여 작동하게 만든다. 그것은 '건전한 몸'의 이데올로기이고 '생명의 권력'을 유지시킨다.

그렇기 때문에, 그런 권력 및 그런 '사랑'의 이데올로기에서 이탈하려는 욕망은 그 몸의 자리에서, 제자리걸음을 하면서도, 기꺼이 몸의 잘라짐과 분열과 마비와 폭발을 긍정한다. 이 독한 긍정은 여기저기서 자주 보인다. 한 예로:

> 나의 몸 안에 둥지를 틀고

두근거리며 움직이는 꽃발
어느새 거칠고 딱딱한 살껍질을 뚫고
은밀하게 꿈틀거리는 꽃봉오리
그 속에 장전되어 있는 터질 것 같은 폭약

멀리서 철로를 밟고 오는 기차의 쿵쿵거림처럼
폭발의 순간을 향해 숨가쁘게 달리는 초침 소리

〔………〕

시커먼 총신 끝에 벼락처럼
피는 불꽃!
내 몸이 산산이 터지며
뱉아내는,
오오 무쇠처럼 차가운 가지에
저토록 따뜻한 그대
황홍색 능소화여! (p. 21)

이 시에서 나타나는 몸의 파열은 다른 사물로의 변용을 욕망하는 긍정적인 것이다. 스스로는 망가지고 부서지더라도 오히려 다른 사물로의 생성을 욕망한다. 즉 몸은, 특히, 부서지고 갈라지고 폭발하는 몸은 다른 사물로의 변용의 자리이다. 다른 사물로 기꺼이 변화되고 싶어하는 욕망은 자기 몸을 부수면서 바로 타자로 생성한다. 제 몸의 분열 또는 심지어 무화(無化)는 타자로의 변형과 변용을 통한 몸의 확장이다: "〔……〕/낳아!/다른 나를 다른 너를 다른 그를 다른 입술을 다른 나무를 다른 물을 다른 귀를 다른 생각을 다른 마음을 다른 영혼을/낳아! 다른 몸을//다른 몸을?/그러면 나는? 내 몸은?//틈/구멍/오! 순간들!〔……〕/너와 내가 섞이고 있는/이미 내가 아닌, 아직 내가 아닌/오! 내 몸이 아닌 순간들이여!"(pp. 101~02).

그런데, 자기 몸의 분열과 파열을 통한 몸의 확장이 사랑이라면? 이런 것도, 아니 이런 것이 바로 사랑이라면? 「사랑하는 네 속에」라는 시를 읽어보자:

혈관 속에
네가 있어 사랑하는
네가 있어
나는 춤춘다

〔………〕

내 닫혀진 몸을 열고 피는 꽃
기억하니? 너는 내 심장이었다는 것을
내 혈관을 뛰어다니던 피였다는 것을

재가 되어 아득한 뿌리에 다가갈 때까지
붉은 꽃, 사랑하는 네 속에
타오르는 불빛으로 살아

〔………〕 (p. 87)

그래, 이 몸의 분열과 분산은 사랑의 다른 방향인 것이다. 시옷으로 시작하는 말, 또는 '사랑'이란 말이 주는 이상한 몸의 고통에서 출발한 우리의 시읽기는 여기에서 어떤 방향을 얻는다. 몸이 갈갈이 잘라지고 찢어지는 분열은 물론 사랑과 관계가 있다. 그러나 이 현상도 두 갈래로 나뉜다: 첫째, 이미 살펴본 것처럼, 사랑이 불가능한 또는 불가능하다는 결핍적 인식의 산물이 있다. 일종의 사디슴이되 단순히 의식의 차원에서만 이루어지지 않고 몸의 차원에서 이루어진다. 이 자체만으로는 정신분석학적인 신경증의 징후로 받아들여질 수 있다; 둘째로는 다른 사물로 변화되고 변용되기 위해 몸이 스스로 파열되고 헝클어진다. 이것은 더 이상 정신분석학이 내세우는 금지와 억압의 신화의 산물이 아니며, 의식은 말할 것도 없고, 나아가 몸의 긍정적 분열증이다. 채호기의 시는 이 두 면을 모두 보여주기 때문에, 아니, 첫째 사랑의 상처를 비스듬히 가로질러 둘째 사랑의 분열 또는 분열의 사랑으로 오기 때문에 그 힘을 얻는다. 사랑의 감상주의를 바로 독해진 사랑이 부순다. 지독한, 지독한. 그것에 대해 말하고 노래하려면 이 정도의 "지독한 사랑"(p. 61)이 있어야 하는 듯하다. 그 사이에, 몸의 분열과 무화(無化)는, 어느새, 꽃을 피운다: 무화(無花), 무의 꽃.

사람의 몸의 분열을 무릅쓴 다른 사물로의 변용과 전화가 사랑이라면 그것은 더 이상 좁은 의미의 '사랑'이 아닐 터이다. 더 이상 인간학적 또는 인류학적인 그것은 아닐 것이다. 채호기의 시에서 사람 사이의 '사랑'이 따뜻하고 정다운 모습으로는 나타나지 않는 이유가 그것일 터이다. 오히려 사물에 대한 애정이 폭넓게 드러난다. 꽃 · 나무 · 바위 · 빗방울 · 먼지…… 특히 나무에 대한 사랑은 각별하다(정현종의 사랑이 "헐벗은 가지의 에로티시즘"의 형태로 나타난다면, 채호기의 그것은 풍만한 가지의 에로티시즘이라 할 수 있다. 「햇빛의 볼륨을 높여라」에서 에로티시즘은 얼마나 악마적으로 풍만해지는가!). 나무에 대한 애정이 깊어질수록 시인은 사람의 자리에서 멀어지는 자신을 발견한다: "늦은 아침 깨어/낮은 뒷산에 오르니/새로운 바람이 옷자락을 붙잡고/낯선 세계가 눈앞에 펼쳐진다./그곳에 나의 뿌리가 내려지고/내 겨드랑이와 손가락 끝에서/초록잎들이 돋아나/그늘을 이룬다./〔……〕/오 너무 멀리 왔구나/사람과 나무 사이의 아득한 거리를/내 그늘에 누운/천천히 되새김질하는 소의/풍경 소리가 딸랑거릴 때마다/오 너무 멀리 왔구나/〔……〕"(p. 50). 시인은 사람의 자리에서가 아니라 나무의 자리에서 사람을 되돌아본다: "오 너무 멀리 왔구나." 그 간격은 너무나 커서 몸의 변용과 무화가 "문득 섬뜩해"진다. 지독한 사랑은 섬뜩한 사랑이구나.

그런데 되돌아봄 속의 이 섬뜩함이란 어떤 구조를 가진 것일까? 그냥 다시 사람의 자리로 회귀하는 것인가? 물론 위의 시에서는 "나무와 사람 사이의 거리를/아직은 되돌아갈 길 보인다"라고 말해지고 있다. 그러나 바로 거기서도 그 되돌아감은 그냥 되돌아감은 아니다. "아직은 되돌아갈 길 보인다." 아직, 아직은, 보인다. 그 '아직'은 사람과 나무(일반적으로, 사물) 사이의 도정에서 표시가 되어 있지 않다. 그는, 나무—사람은, 되돌아간 것일까?

되돌아봄, 되돌아감, 이 움직임의 방향과 영역은 중요하다. 그것은 채호기의 가장 아름답고 섬뜩한 시들인 '몽염' 시들에서도 중요한 역할을 한다. 왜냐하면 채호기에게 있어서 '몽염'은 단순히 이미 지나간, 그래서 쉽게 되돌아볼 수 있는 체험으로서의 악몽 또는 가위눌림은 아니기 때문이다.

**

'몽염' 시들은 "아직은 되돌아갈 길 보인다"였던 상황이 더 치열해지고 극단화된 상황을 보여준다. 거기서는 안전한 현실의 위치에서 단순히 이미 겪어낸 악몽이 회상되는 것이 아니라(채호기의 시에서는 일반적으로 '회상'이라는 서정시적 장치는 약한 편이다. 그것이 나타난다고 할지라도 이미 그것은 다른 것으로의 변형의 과정 속에 있다), 오히려 현실이 바로 가위눌림의 자리에서 체험된다('몽염' 또는 '몽압'은 이청준의 한 소설의 이름할 수 없는 이름이기도 하다. 거기서도 말을 잃어버린 상황에서 현실 자체가 말로 전달될 수 없는 가위눌림의 자리로 나타난다. 가위눌림은 현실 밖의 어떤 괴로운 환상이 아니라 역설적으로 바로 현실의 현실성을 지시할 수 있는 장소인 것이다). 가위눌림의 자리는 꿈이 아닌 현실이다. 꿈에서 현실로 되돌아갈 길이 없는 것과 마찬가지로, 현실에서 단순한 꿈으로 도피하며 되돌아갈 길도 없다(일반적으로 바로 이 현실/꿈이라는 세계 나누기가 모든 편리한 허구와 신화의 온상 역할을 한다). 그 둘 사이의 경계를 이미 가로질러 넘어간 상태, 이미 너무 멀리 가서 되돌아올 수/되돌아갈 수 없는 상태가 몽염의 상태이다. '몽염' 시 중의 하나인 「뒤돌아보다」를 읽어보자:

기억나지. 살아가기 ㄷㄷ하던 시절의 희망처럼 작은 창문. 그래도 그곳으로 줄곧 빠져나가던 내 짧은 꽁초의 사라져버릴 짧던 꿈. 벽은 높았고 천장은 낮았다. 그래도, 그래, 기다렸다. 그 누구 그 무엇이 나를 불러주기를…… 오랏줄에 묶인 나를 사정없이 끌고 가주기를 기다렸다. 그 부름이 다시는 돌아올 수 없

는 마지막 작별이라는 것을 알지 못하고…… (p. 76)

"다시는 돌아올 수 없는 마지막 작별이라는 것을 알지 못하고" 그 무엇이 "오랏줄에 묶인 나를 사정없이 끌고 가주기를 기다렸다." 아마도 이 "다시는 돌아올 수 없는 마지막 작별"은 이루어졌을 것이다("그 뒤 나는 영영 돌아오지 않았고"〔p. 49〕). 그 과정, 돌아올 수 없음이 이미 시작된 그 과정이 바로 몽염이 아닌가. 물론 여기서는 기억의 형태로 그 과정이 서술되고 있기 때문에 '돌아갈 수 없음'보다는 '돌아올 수 없음'에 초점이 맞춰져 있다. 그러나 이 시의 후반부에서는 초점이 다시 '되돌아갈 수 없음'에 맞추어진다:

눈을 떠라! 무지막지한 힘이 밧줄에 걸린 내 목을 죄어올 때 붉은 고깃덩이처럼 혀를 입 밖으로 늘어뜨리지 말고 생선 꼬리처럼 허공을 퍼덕여 한마디 욕이라도 뱉아라! 눈을 감고 이게 꿈일 거라고 무너지며 안간힘쓰지 말고 차라리 내 손으로 내 목의 밧줄을 잡아당겨라! 그리고 비명을 질러라! 〔……〕

이게 꿈일 거라 안간힘쓰며 편안한 현실로 되돌아갈 생각을 하지 않고, 오히려 그 가위눌림이 바로 현실에서 망각되고 은폐된 그 불안으로 인도할 것이라 여겨진다. 가위눌린 악몽 상태의 일반적인 특징 중의 하나는 그 안에서 비명을 지를 수 없다는 것이다. 그리고 비명을 지를 수 있다면 그것을 통하여 사람들은 그 가위눌림에서 벗어날 수 있다. 그러나, 채호기의 몽염에서는 그러한 '상상적' 벗어남 또는 해방이 없다(그 해방을 '상상적'이라 부를 수 있는 이유는 그것이 바로 비현실적-상상적인 환상 또는 꿈의 공간을 상정해놓고, 그 근거 위에서 해방을 꿈꾸기 때문이다). 비명이 질러지더라도 그 질러진 비명은 사라지지 않고 오히려 확장되며 몸을 얻게 된다:

> 그 비명이 오래된 먼지를 깨우고, 풀잎을 깨우고, 꽃잎을 깨우고, 담쟁이덩굴을 깨우고, 벽돌을 깨우고, 공기를 깨우며 질주하다가 서서히 육체를 갖기 시작한 후, 그 몸 속에서 이는 조그만 생명의 불꽃을 내가 즐거이 바라볼 수 있을 때까지.

육체를 갖게 된 비명. 그리고 그 육체의 비명. 이렇게 비명은 모든 몸을 꿰뚫고 지나가며 모든 입으로 휩쓸려들어가고 나온다. 또는 나오지도 못하고 그 입 안에서 방황한다. 이 입은 점점 커져서 모든 것을 빨아들이고 삼켜버린다: "하늘에는 먹구름이 어지럽게 휘돌고 모든 것들을 그 속으로 빨아들이는 무서운 입이, 이빨도 없는 검은 입이 있다. [……] 나무 한 그루가 뽑혀 입 속으로 들어간다. 강물이 바닥나고 뿌리 없는 돌들이 공중에 뜬 채 입 속으로 들어간다. [……] 땅을 삼키고 있는 그 입을 본다 [……]"(p. 74). 또는: "그때 바다 쪽에서 바람이 불었고,/식물들도 입을 가졌더군/무생물도 무수한 입을 가졌더군/바위, 나무, 풀, 산 들이 한꺼번에 지르는/소리들이 온갖 색깔로 소용돌이쳤지./나는 어울리지 않게/뭉크 그림 속의 사내처럼 입을 벌리고 귀를 막았지"(pp. 48~49). 사람에게서뿐 아니라 식물과 무생물 모두에서 육체를 가진 비명의 끔찍함. 귀를 막지 않고서는 미쳐버리게 될 곳. 그러나, 그럼에도 불구하고, 비명은 귀의 긴 동굴에서 길길이 날뛰며 낄낄대는데:

〔……〕 얼굴 모르는 사람들이 내 말을 쓸어모아 거대한 쇠종 속에 넣었다. 종불알에 부딪혀 말이 깨어지고 혼돈의 소리들 속에 흔적도 없어졌다. 한참 후 연쇄강간살인이라는 말이 나왔다. 얼굴도 몸도 없고 생김새도 냄새도 없는 그냥 연쇄강간살인이었다. 그 막무가내의 말은 재빠르게 피, 정액, 음모, 윤리, 치욕, 파렴치와 비슷한 냄새와 색채를 가진 이름붙일 수 없는 것들과 서로 얽혀 치고 삼키고 뜯고 속삭이면서 오싹한 메아리가 되어 귀의 꼬불꼬불한 동굴 속을 통과하며 소리가 점점 증폭되었다. 그리고 그 무엇이 서서히 생겨나고 있다는 느낌이 오래도록 나를 소름끼치게 했다./〔……〕 (p. 70)

유일하게 행을 바꾸어 씌어진 이 시의 마지막 한 문장은 다시 우리를 소름끼치게 한다: "그게 다 지독한 사실이었다." 몽염, 그게 모두 사실이었다. 그게 사실이었다는 것 또한 지독한 사실이었다. 그게 사실이었다는 것이 또한……

사람의 자리에서 너무 멀리, 되돌아올 수 없이 멀리 간 시인의 가위눌림은 사실보다 더 사실적인 몽염보다 더 사실적이다. 이렇게 모든 몽염이 사실보다 더한 사실이 되는 장소는 악마의 사실주의라 부를 수 있을 것이다. 여기서 물론 다음 양면이 겹친다: 현실과 사실이 악마적일 뿐 아니라, 그것에 대항하는 방식도 악마적이다. 악마는 가위누르는, 즉 인간을 인간답게 살 수 없게 하면서 탈인간화하는 세계의 모습이기도 하고, 동시에, 비록 동일한 방식은 아니지만, 가위눌린 탈인간이 그것에 대항하는 모습이기도 하다. 악마의 모습은 여럿이므로. 그 "악랄한!"(p. 71).

그러면, 되돌아올 수 없이/되돌아갈 수 없이 인간을 멀리 떠난 자리에서 '뒤돌아보다'라는 행위 또는 의례가 몽염의 틀을 구성한다고 할 때, 이것은 어떤 짜임을 가질까? 이 사태는 지금까지의 서술에도 불구하고 아직 확실하게 드러나지 못하고 있는 듯하다. 이미 위에서 살펴본 「뒤돌아보다」라는 제목의 시의 마지막 부분을 다시 한번 읽자:

> 그 비명이 오래된 먼지를 깨우고, 풀잎을 깨우고, 꽃잎을 깨우고, 담쟁이덩굴을 깨우고, 벽돌을 깨우고, 공기를 깨우며 질주하다가 서서히 육체를 갖기 시작한 후, 그 몸 속에서 이는 조그만 생명의 불꽃을 내가 즐거이 바라볼 수 있을 때까지.

이제야 몽염이 드러내는 악마적 사실주의의 긴장이 어디서 오는지 알 수 있겠다. 채호기의 '몽염'들은 악몽을 꾼 사람이 거기서 단순히 벗어나면서 다시 쾌활해지는 과정을 '뒤돌아보면서' 그리고 있는 것이 아니다. 비록 가위눌림의 공포에서 시적 화자가 이탈하기는 하지만, 그 이탈은 그것을 약화시키거나 망각함으로써 이루어지는 것이 아니라 오히려 거꾸로 바로 그 공포가 더 크게 육체화되는 과정 속에서 이루어진다. 몽염의 풍경은 바로 이 육체를 가지게 된 비명들 사이에서 형성되기 때문이다: "비명이 〔……〕 육체를 갖기 시작한 후, 그 몸 속에서 이는 조그만 생명의 불꽃을 내가 즐거이 바라볼 수 있을 때까지." 그러므로 여기서 '뒤돌아본다'는 것은, 건강한 몸이 건강한 몸을 통한 단순한 치유 후에 몽염의 풍경을 뒤돌아본다는 것을 말하지 않는다. 치유가 있다면, 오히려 거꾸로, 지독한 방식을 통해서이다: 불안과 공포를 의식의 차원에서 몸의 차원으로 확장시키는 방식을 통해. '뒤돌아보다'는 더 이상 쉽게 되돌아갈 수 없이 인간의 자리에서 멀리 온 탈인간이, 여기 이 온 자리에서, 이 멀리 왔음을 뒤돌아보는 것이다. 이 너무 멀리 온 과정과 여정이 바로 몽염의 길 아닌 길이 아니었던가.

이렇게 보면, '몽염' 시들은 이 너무 멀리 간/온 통과의 의례이다. 이 통과 의례는 그러나 끝나지 않을 통과 과정이다. 다르게 말하면, 이 통과의 거리는 그냥 지나가버릴 성질이 아니다. 인간에서 너무 멀리 온 자리에서 뒤돌아보지만, 그 뒤돌아봄은 몽염의 시적 풍경 안에서 이루어지며 그것이 보는 것 역시 몽염의 시적 풍경이다. 몽염은 인간에서 멀리 가면서 시작되며, 너무 멀리 온 밖의 자리에서 비로소, 뒤돌아봄을 통해, 그 몽염의 안 풍경이 폭넓게 보여진다:

> 〔……〕 그때 나는 오랏줄에 묶인 내 몸을 빠져나가고 있었다. 〔……〕 모든 색깔이 탈색한 공백을 지나서 바글바글 끓는 햇살 속으로 섞여들고 있었다. 그 순간 고통스럽게 천천히 뒤돌아본 창 안에는 여전히 오랏줄에 묶인 나. 피로에 지친 체념으로 충혈된 눈. 달라진 게 없었다. 그토록 어렵게 지나온 그 상황은. 그리고 이곳 새로운 장소도……
>
> 다만 창 안과 창 밖의, 지나왔던 혹은 지나갈, 그 거리를 바라본다. 모험을 향해 가듯 희망을 갖고. 그 봄에, 악랄한! (p. 71)

여기서 오랏줄에 묶인 몸을 빠져나가는 것은 '정신주의'의 정신이 아니다(물론 이 정신주의적 정신은 자기의 몸이 구속되어 있다고 상상한다. 몸이 감옥이라고 상상한다. 그리고 자기가 구원이라고 상상한다). 그것은 "끓는 솥에서 김이 빠져나가듯" 나가는 어떤 것이거나, 더러운 구토물 같은 것이거나

("토사물을 볼 때의 낯섦처럼 그 밤에 내 속에서 내가 울컥 쏟아져나왔다. 그리고 혓바닥을 까부리며 국수가락 빼듯 말들을 토해냈다"〔p. 72〕), 살덩이 또는 내장이거나("나는 그것이 모두 한꺼번에 내 속에서 쏟아져나온 것처럼, 떨어져나간 내 살점처럼 애끓이며"〔p. 92〕), 또는 내면화 과정 속에 사로잡힌 음습한 욕망들이다("왜 그랬을까/나는 몸 안의 것을 송두리째/꺼내놓고 말리는 기분이었지/짠 공기에 절이는 것처럼"〔p. 47〕). 소크라테스가 죽을 때 말하듯 정신이 육체라는 감옥을 떠나가는 것이 아니라, 위의 살덩이들이 몸을 떠나기 때문에, 바로 몸을 통해 몸을 떠남이 몽염이 될 수밖에. 가위눌림도, 아니 가위눌림은 죽음에 이를 수 있다. 그러나 그것은 소크라테스의 변명처럼 정신의 해방을 통해 몸을 떠나는 것이 아니라, 위에서 드러나듯이, 몸 자체가 밖으로 쏟아져나오기 때문이다. 「주검」이란 시를 읽어보자: "당신의 몸도 밝게 빛날 뿐입니다/살아서 그렇게도 당신을 가두었던/당신의 몸이 완벽하게 열려 있어/지금은 아무것도 가두지 않습니다"(p. 53). 생명에 관한 어떠한 초월주의적 해결도 여기서는 거부된다. 죽음은 닫혀 있던 몸이 열리면서 오는, 나가는 것이다.

＊＊＊

그래서 '몽염'에서 말들은 그냥 말에 지나지 않는 것이 아니라, 모두 섬뜩한 사물이 된다. 말이 몸을 가진다는 것은 쉽게 보면 또 다른 은유에 지나지 않을 수도 있으나 채호기의 '몽염'에서는 정말 모든 것이 사실이 된다. 'ㅁ ㅗ ㅇ ㅇ ㅕ ㅁ'이란 글자를 그들은 "마시기도 하고 찢기도 하고 어루만지기도 하고 훑어내리기도"(p.77) 한다. 「말의 몸」에서는 토해낸 말들에 대해 다음과 같이 씌어 있다: "내 더러운 색깔의 말들이 더러운 발로 나를 짓밟고 시큼털털한 냄새나는 오물을 몸에 처바르고 팬티를 벗겨내리고 더럽고 더러운 짓을 할 때에도 내 몸은 민감하게 반응할 뿐 죽은 시체처럼 꼼짝도 할 수 없었다"(p.72). 가장 끔찍한 경우는 「'쥐'를 본 후」이다. 여기서 서술과 묘사의 속도는 가장 느린 상태와 가장 조용한 상태에서(즉 어떠한 효과음도 배제된 상태에서) 유지되는데, 바로 그 느림과 정적 때문에 가위눌림의 공포는 우리를 압도한다. 더구나 "늘 해오던 순서인데도" 행위는 타성적이지 않고 조심스럽다:

> 결코 소란스럽지 않았다. 자칫하면 모르고 지나쳤을 만큼 쥐는 민첩하고 조심스럽게 움직였다. 〔……〕 그는 다시 움직이기 시작했다. 늘 해오던 순서지만 그는 조심스럽게 경험을 무시하고 새롭게 다시 시작했다. 그는 앞발을 들어 내 살갗에다 발톱을 찔러넣었다. 그리고는 힘차게 끌어당겼다. 〔……〕 눈을 번쩍 떴다. 내 눈알 속으로 몸의 절반이 들어가고 미처 들어가지 못한 쥐의 뒷다리와 긴 꼬리만이 잠시 버둥거리는 것이 얼핏 보였다. 그리곤 까슬까슬한 털의 감촉과 조심스럽게 내 머릿속한 부분을 디디고 있는 네 발의 감촉, 역한 비린내, 묵직한 체중이 느껴졌다. //그도 놀란 모양이다. 재빠르게 움직여 머리통 한구석으로 몸을 숨겼다. 〔……〕 내 몸의 도처에서 쥐들은 번식했다—— 내 몸 속에 살고 있는 쥐라니!/내 눈은 종이 위의 '쥐'를 지워버리고 내 몸을 관통해서 끈질기게 쥐를 쫓고 있었다. (pp.66~67)

몸이 되어 상처를 내며 내장의 동굴에 우리를 가두는 것은 말뿐이 아니다. 도시 자체가 거대한 짐승 또는 악마가 된다. 「지하철 역에서」는 지하철이 끔찍한 괴물이 된다:

> 너의 하얀 손의 푸른 길, 그걸 더듬는 떨리는 숨…… 검은 밤의 노란 반딧불처럼 공중을 날아다니는 낯선 시선.
>
> 형광등이 켜진 너의 내장의 긴 복도. 초조와 불안이 무서운 속도로 너의 내장벽을 긁으며 날카로운 빛조각을 쏘아대고…… (p. 86)

그런데 "그게 다 지독한 사실이었다"라는 사태의 섬뜩함(또는 그러한 효과)은 어떻게 생긴 것일까? 말들을 그것이 일상적 또는 텍스트의 차원에서 사용되는 은유적 의미에서 이탈시켜 '말 그대로 받아들이는,' 즉 탈은유화 기법의 효과인가? 말의 사용이란 문제는 물론 중대한 문제고, 또 그런 탈은유화의 과정을 통해 일종의 육화(肉化)가 가능하다는 점에서 이 문제는 중요한 것이다(예를 들면, 이 문제는 카프카의 소설에서 서술의 진행 방식과 서술의 밀도에 직접 관계된다). 그러나 채호기의 '몽염' 시들은 단순히 수사학적 기교의 산물은 아니다. 여기에서는 언어와 욕망이, 몸-'처럼' 느껴지는 것이 아니라, 거의 몸이 되어가고 있다. 단순히 의식의 놀이와 싸움이 아니라 몸의 놀이와 싸움이 되어간다. 즉 말들은 은유적으로 사용되기 이전에 이미 탈은유화되고 있는 것이며, 나아가, 사회 자체가 이미 하나의 육체로 보여진다. 그리고 말과 욕망은 단순히 육체에 덧붙여진 것이 아니라 육체와 동시적으로 나타난다. 한 예를 들자면, 채호기의 시에 자주 등장하는 '생선 뼈'는 시인의 시적 더듬이가 얼마나 몸과 몸의 빈곤에 민감한지를 보여준다.

다르게 말하면, 채호기의 '몸' 및 '몽염'은 몸이 정말 이 시대의 불안과 공포와 욕망의 자리로 파악됨으로써 진실성을 획득한다. 또 그와 함께 몸이 의식의 통제 이전에 어떻게 존재하는지가 날카롭고 적나라하게 그려짐으로써 치열성을 가진다. 몸은 기분 좋게 섞이거나 분열되고 찢어지고 폭발한다. 카프카가 그의 『일기』에서 쓰듯이, 몸이 완결되고 통일된 형태를 띤다는 것은 놀라운 일이다. 그런데 '놀라운 일'이라는 것은 말로만 그래서는 안 되고 담화나 작품의 차원에서 그렇게 보여야 한다. 카프카의 글에서 펼쳐지는 공포와 낯섦의 세계는 그것을 보여준다. 그러면 채호기의 시에서는 그것이 어떻게 보여지는가?

건축적으로는 몽염의 장소는 "벽은 높았고 천장은 낮았다"(p. 76). 몸의 차원에서는 몸은 양쪽으로 분열된다: 몸을 기호적으로 감싸고 있는 외적 장치와 내적 장치 모두에서 분리된다. 몸과 외적 기호 장치(예로 옷)와의 분열 상태: "신과 발이 이렇게 따로 놀다니"(p. 63). 전율! 몸과 그것의 내적 기호 장치인 '마음'과의 분열 상태 역시 너무도 복합적으로 나타난다. 마음은 가까워지지 않는다: "끌어안은 가슴에서 살점이 튕겨 흐트러졌다"(p. 65). 또 '쥐'라는 말을 볼 때, 그것의 의미론적인 이해가 아니라 그것의 몸의 감각이 압도적이다. 의식적으로는 비명을 지르고 싶은데 몸은 그렇게 되지 못하고 마비된다: "〔……〕 그 강하고 처절한 비명은 정적 속에 녹아 한치도 빠져나오질 않았다. 그 정적의 엄청난 힘이라니…… 정신이 몸을 치는 치열함으로 혼신을 쥐어짜 소리를 질렀지만, 허망한 입구멍에서 혓바닥만 새카맣게 타버렸다 〔……〕"(p. 64). 여기에서 채호기의 가위눌림은 세계 속의 벙어리나 귀머거리의 불안과 공포를 닮는다("높이 날아 멀리 보는 새 하나이/귀머거리 벙어리 눈밭 위를 날다"〔p. 33〕; "〔……〕 새들이 떠나고/눈이 덮는다./흰 눈, 벙어리의 눈"〔p. 38〕). 위에서 살펴본 '몽염'의 지독한 정적과 조용함은 인위적인 조작의 산물이 아니라 벙어리와 귀머거리의 사람과 세계에 대한 저 '너무 먼' 거리를 지시한다.

그런데, 그런데도 불구하고, '몽염'은 아직도 드러나지 않은 섬뜩함을 가지는 듯하다. 그것은 그 시를 읽는 내가 같이 가위눌리지 않고서는 그 시에 가까이 갈 수 없다는 불안함 때문인가?

……잠깐, "드러나지 않은"? 마치, 불안 또는 섬뜩함 같은 것이 드러날 수 있듯이, 즉 빛에 드러날 수 있듯이?

이러한 사고 방식을 '몽염'은 뒤집는다. 전통적인 사고 방식에 따르면 빛은 그 자체로서, 혹은 형이상학적인 은유를 통해 고양되어(예로, '태양의 빛'과 '존재의 빛'), 존재자를 드러나게 한다. 그러나 '몽염' 시들에서는 거꾸로다: 빛이 무엇을 드러내게 하는 것이 아니라, 이미 위에서 보았듯이, 몸에서 무엇이 쏟아져나옴으로써 또는 몸 안의 것을 밖으로 꺼내놓음으로써만 어떤 것은 말해진다. 다르게 말하면: 전통적인 '드러남'의 방식을 통해서가 아니라 '몸에서 꺼내놓음' 또는 '몸에서 쏟아놓음'의 방식을 통해서 어떤 것은 비로소 말해질 수 있다(이렇게 찢어지고 꺼내지는 것은 '상처' 또는 '구토물' 또는 피 또는 살이다). 몸의 차원에서 찢어져나오거나 쏟아져나오지 못한 것은 빛에 드러날 수도 없고, 따라서 '무엇'(본질)

으로서 정신에게나 의식에게 드러날 수도 없다. 몸이 아프지 않고서는, 몸에서 토해지지 않고서는, 살이 찢겨나가지 않고서는, 피가 몸 속에서 정말 더러워지거나 깨끗해지지 않고서는, '치욕'과 '사랑'과 '죽음'에 대해 말을 할 수도, 느낄 수도 없는 상황.

그렇다고, '몽염'은 순전히 어둠의 풍경이고 그것의 언어는 어둠의 그것이라고 할 수 있는가? 한편으로는 그렇게 보인다. 다음 시를 읽어보자: "〔……〕 내 몸 속의 한 곳에/녹처럼 덕지덕지 달라붙은/어둠을 긁어내기만 하면 된다고/몸 밖의 어둠을 깨닫지 못하는 그는 말했다.//그러나 어둠은 깊고 크다./그 어둠의 뿌리를 잘라내기 위해/집요한 그는 내 몸을 무처럼 잘게 썰어버릴지도 모른다"(p. 25). 여기서는 수술하는 '그'가 몸을 "무처럼 잘게 썰어버릴지도 모른다"는 불안감이 나타난다. 이것은 수술하는 '그'의 맹목적 합리성의 이면이다. "어둠을 긁어내기만 하면 된다고" 믿는 이 맹목적 합리성은 위에서 우리가 살펴본 저 다른 사물로의 변용과 생성을 모른다. 몸 밖의 어둠을 보지 못하고 다만 몸 안의 어둠만을 추방하려는 기술적 계몽주의는 몸을 쓸모없게 잘게 부수어놓거나 또는 기껏해야 일회적으로 소모시킬 목적으로 몸을 잘게 부수어버린다.

그러나, 그렇지 않은 것 또한 사실이다. "바글바글 끓는 햇살" "달리면 퉁겨오는 찬란한 빛살"(p. 65) 같은 말이 가리키는 '너무 밝은' 상황 역시 '몽염'의 풍경을 구성하는 중요한 요소이다. 그렇다면, 직접적인 빛의 드러냄에 근거한 현상학적 진리와 구분되는 이 사태, 즉 저 몸에서 쏟아져나온 것 또는 꺼내놓은 것이 햇살에 드러난다는 이 기묘한 사태는 어떻게 파악될 수 있을까? 존재자가 스스로 빛 속에서 드러나는 것이 아니라, 몸에서 몸이 쏟아져나옴으로써 또 꺼내짐으로써 빛에 내맡겨지고, 그래서 어떤 사실이 사실로 밝혀진다는 이 사태는 섬뜩한 사태이다.

왜냐하면 그것은 몸이 죽음의 장소라는 것을, 나아가, 죽음의 욕망의 장소라는 것을 보여주기 때문이다(그리고 그걸 알게 되니, '몽염'을 읽으며 같이 가위눌린, 가위눌리고자 한 나 또는 우리의 욕망이 편해지는구나). 어떻게? 위에서 우리는 "죽음은 닫혀 있던 몸이 열리면서 오는, 나가는 것이다"라고 했는데, 그 말은 이제 여기서 더욱 자세히 설명될 수 있다: "죽음이 오고, 동시에 나간다"는 것은 몸의 꺼내놓음과 열음(단순한 현상적이고 현상학적인 드러냄이 아닌)의 특이한 '물질적' 욕망과 깊이 연관되어 있다. "죽음은 항상 예고도 없이 찾아온다"라는 것은 이 오고-나감의 첫 단계이다. 그러나 시인은 여기서 더 나아간다:

〔………〕

삶의 빗장이 풀리고
이윽고 집의 모든 문이 열리고
열린 문으로 등을 보이고 사라지는
한 사내의 영혼이 보인다

죽음은 몸을 허문다 (p. 54)

즉 죽음은 올 뿐 아니라, 몸이 열려짐으로써, 나간다(여기서 암시되는 중요한 사태 하나는 다음이다: 위에서 우리가 읽은

"오랏줄에 묶인 몸"은 현실의 고문을 지시할 수도 있고 동시에 이 죽은 몸을 지시할 수도 있다는 것이다). 그러니, 놀라운 일이다. 이 열리며-나가는 죽음은 단순히 생명의 끝인 부정성이 아니라, 오히려 몸을 다른 사물로 변화시키며 새로운 몸을 낳는 변용이며 변형이다. 그래서 죽음은 그냥 몸을 허무는 것이 아니라, 새로운 시작을 통해, 죽음을 가로질러 죽음 너머에서 새 몸이 된다. 위 시를 계속 읽으면:

> 아 이제 시작이다!
> 죽음이 너무 가까이 있다

위에서 가위눌린 시인은, 스스로 가위누르면서, 사람의 자리에서 너무 멀리 갔었다. 그리고 몽염 속에서 그 너무 멀리 온 자리에서 뒤돌아보았다. 이제 이 너무 멀리 온 장소는 죽음의 자리임이 알려진다. 사람의 몸이 다른 사물로 즐겁게, 그러나 동시에 역시 괴롭기도 하게, 변화하는 자리. 위의 시의 마지막 행은 어떤가: "죽음 너머에 있는 몸?" 그래서, 다시 이 시의 처음으로 돌아가면, 부정적인 죽음만이 항상 찾아오는 것이 아니라, 이런 죽음의 몸도 항상 찾아온다(「틈, 구멍」을 읽어보자: "나는 너의 몸 속으로 들어가려 한다// 〔……〕// 낳아! // 〔……〕//다른 몸을?/그러면 나는? 내 몸은? // 틈/구멍/오! 순간들! 살아가는 모든 인생의 순간들이여……/가로질러 비껴가는……/포착되지 않는…… 목마른…… 애타는……/너와 내가 섞이고 있는/이미 내가 아닌, 아직 내가 아닌/오! 내 몸이 아닌 순간들이여!"〔pp. 101~02〕; 「너의 몸을 허공에 새기며」에서는: "너에게 다가가긴 쉽지만, 네 속으로 들어갈 수가 없구나.

꿈쩍도 않는 너. 차라리 난 네가 되고 싶다. 될 수만 있다면, 난 죽어도 좋아. 다만 의식의 색깔이 흐려지는 마지막, 내가 네가 되어가고 있는 순간을 살 수 있을까?"〔p.96〕). 그래서 몽염은, 첫인상과는 달리, 부정적인 죽음 앞에서의 불안이 아니라, 그것을 가로질러, 다른 사물의 몸과 섞이고 그것을 낳는 죽음의 긍정이다. 우리 문학사에서 유례없는 일이 벌어지는데: 시인은 죽음을 허풍떨며 무시하지도 않고 무서워만 하지도 않는다. 죽음은 다른 사물로의 변용이라는 에로티시즘의 한 과정이 된다. 이것이 몽염의 또 다른 상황이다. 또 거기에서 그것의 너무 밝은 환함과 너무 섬뜩한 어두움의 기묘한 결합이 생긴다. 그리고 그 소용돌이 속에서의 '실종'의 욕망!

어디로? 자주 등장하듯이, 동굴로? 거기에 웅크리고 있는다? 그 동굴은 몸 안의 동굴이자 땅속의 동굴이기도 하다. 땅이 파헤쳐지고 꺼내지면서 그 흙은 햇살 속으로 올라온다. 그래서 무덤이 생긴다. 이렇게 꺼내진 것은 햇살 속에 비로소 드러난다. 몸이 열리면서 꺼내진 것이 드러나듯이.

그 무덤 속에 누운 것은 주검이다. 그런데도, 그 주검이 바깥 세상을 본다. 주검이! 열려 있는 몸으로! 열려 있는 땅속에서! 열려 있는 문으로!

문을 열면, 문을 열면…… ▨